Zuleyka Puente

Amor sin límites

Él creció sin conocer el amor...
Ella le enseñó a amar la vida.

Zuleyka Puente, 2021
 @Zuleykapuente
Zuleyka.puente.leal@gmail.com

Jefe de edición:
Beatriz Rodriguez - bea.rodriguez1982@gmail.com
Katherine Hoyer - katherinehoyer@hotmail.com

Edición y corrección:
Deilimaris Palmar - palmardei@gmail.com
Verónica Verenzuela - veroverenzuela@gmail.com
Natalia Chourio - nataliachourio@gmail.com
Álvaro D´Marco - admarco56@gmail.com

Diagramación:
Katherine Hoyer - katherinehoyer@hotmail.com

Diseño de portada:
Wilfred Martínez - arteatravesdeunlente@gmail.com

ISBN: 9798506184027
Depósito legal: ZU2021000099

*La presentación y disposición en conjunto de **"AMOR SIN LÍMITES",** son propiedad del editor. Ninguna parte de esta obra puede ser reproducida o transmitida, mediante ningún sistema o método, electrónico o mecánico, sin consentimiento por escrito del editor.*

ZULEYKA PUENTE

Él creció sin conocer el amor...
Ella le enseñó a amar la vida.

Agradecimientos

A los que viven en esta realidad.
A los que van con frecuencia.
A los que pierden la vida en ella.
A los partícipes de la historia real,
que nos conectan con un entorno en el olvido.

No elegimos nuestro nombre, nuestra sangre,
ni el lugar donde nacemos.
Elegimos nuestras acciones, a quién amar,
por quién luchar y a quién dejar atrás de la brecha.

Fragmentado

Emil

Crecí con mi abuela, no conocí a mi madre y mi padre no era capaz de estar ni siquiera a diez pasos de mí. Pasé toda mi vida buscando pistas porque nunca tuve una idea de quién era ni del misterio que había detrás de mi familia. Solo escuchaba a mi abuela pelear por teléfono con Robert, mi padre, le reclamaba porque nunca asistía a mis cumpleaños ni venía a verme en Navidad, pero yo no recibía ninguna explicación por mucho que preguntara. Fui creciendo con dudas y emociones que constantemente me abrumaron y que forman parte de esas cosas que nunca pude explicar con palabras.

El día que cumplí la mayoría de edad, descubrí que hay verdades que cambian el rumbo de nuestras vidas y ya nunca nada vuelve a ser igual. Desperté cuando mi abuela abrió la ventana y me dijo: «Feliz cumpleaños, mi niño».

—Abuela, es un día como cualquier otro, no hay nada especial. —Me cubrí la cara con la almohada para evitar la luz.

—Ningún día cualquiera —objetó—. Hoy es tu cumpleaños número dieciocho, Emil —expresó mirándome con ternura—. Ya eres todo un hombre.

—Abuela, sabes que yo no celebro este día —dije, al tiempo que me levantaba de la cama.

—¡Podría ser la primera vez! Invitemos a tus amigos.

—Voy al cementerio, ¿vendrás? —pregunté—. Hoy también es su cumpleaños.

—¡Te entiendo más de lo que puedes imaginar! Sé que la extrañas —me dijo, mientras miraba un punto en la nada a través de la ventana.

—¿Me entiende? Usted no entiende nada, abuela. No ha sido usted quien ha tenido que vivir con preguntas sin respuestas. Soy yo quien ha pasado dieciocho años sin saber quién soy, qué fue lo que pasó con mi madre ni la razón por la cuál mi padre no puede ni verme.

—Emil, hay verdades que son devastadoras y no siempre estamos listos para escucharlas —dijo mi abuela, suspirando.

—Eso debería decidirlo yo, ¿no lo crees, Isabel? —La llamé por su nombre, aunque lo que menos quería era faltarle el respeto, pero estaba frustrado.

—Yo lo único que quiero es cuidarte, Emil.

—Llevo toda una vida arrastrando preguntas y no te ha importado. Si esa es tu forma de cuidarme, la respeto, pero no la comprendo —expresé.

—He tratado de hacer lo que es mejor para ti —me dijo con voz cortada.

—¿Y lo mejor para mí es que me sigas ocultando la verdad sobre mis padres?

—No sé si tu corazón esté listo para enfrentar esa verdad.

—Acabas de decirme que ya soy un hombre, entonces deja de tratarme como a un maldito niño. —exigí. La frustración que estaba sintiendo me llevó a levantarle la voz por primera vez, pero no podía controlarme—. Necesito saber qué mierda pasó con mi madre. Necesito saber por qué mi padre nunca me ha querido cerca. Necesito saber de una vez por todas quién soy. —La rabia que tenía acumulada era la que hablaba.

Mi abuela se quedó en silencio por unos minutos y yo traté de calmarme. Quise pedirle disculpas, pero la molestia no me dejó decir ni una palabra.

—Bueno, si viniste solo a felicitarme por el gran día que es hoy, entonces ya puedes dejarme solo, porque no tengo nada que celebrar —exclamé, sin poder evitar sonar como un grosero.

—Está bien, Emil. Si quieres saber la verdad, te la diré. Tienes razón y es momento de que la sepas. —admitió con tristeza.

—Soy todo oídos —expresé, sentándome frente a ella.

—Acompañé a tu madre a su cita de prenatal, justo cumplía ocho meses, aún no conocíamos tu sexo, pero aquella tarde, la Dra. Sosa logró verlo. Nuestra euforia era incontenible, el corazón no nos cabía en el pecho, habíamos estado esperando ese momento. Zoe se aferró a mi mano, la miré a los ojos y vi en sus pupilas la felicidad acompañada de una lágrima que se deslizaba por su mejilla, mientras observaba maravillada el monitor de la ecografía. Tu padre se perdió el descubrimiento. Tu mamá pensó que tal vez había surgido algún imprevisto y me dijo para ir a su oficina y darle la sorpresa. Yo estaba tan feliz que quería salir corriendo a gritarle al mundo que tendría un nieto varón, así que pensé que era una gran idea. Salimos del consultorio y fuimos a una floristería. Tu madre quería comprar un globo blanco y rellenarlo con confeti azul para así decirle a tu padre que eras un niño y eso hicimos.

Mientras mi abuela se adentraba en la historia, un nudo empezó a formarse en mi garganta. Estaba a punto de descubrir lo que tanto había querido y comencé a preguntarme si realmente estaba listo.

—Al llegar a la torre de Parque Central, nos estacionamos frente al carro de Robert, parecíamos unas niñas planeando una gran travesura. Estábamos a punto de salir del auto cuando vimos caminar, entre risas, a Robert abrazado de su secretaria Sarah, parecía un encuentro muy afectivo. Zoe apretó con mucha fuerza mi mano, mientras observamos cómo mi hijo recostaba a Sarah de una columna, se embestía sobre ella y la besaba. Sarah bajó sus manos y le tocó la entrepierna, él ágilmente la apoyó sobre el capó del auto y le desabotonó la camisa. Se apresuraron a entrar en la camioneta entre besos apasionados. Yo no podía creer lo que estábamos presenciando y le dije que nos fuéramos, pero tu madre no respondía. Solo logró decirme con la voz quebrada que sentía un escalofrío que recorría cada centímetro de su ser, dijo que sentía un frío invadiendo hasta lo más profundo de su alma. Se agitó su respiración, empezó a temblar y me dijo: «Creo que me hice pipí».

Escuchar eso provocó que el pecho se me apretara. Podía sentir el dolor de mi madre y mucha rabia hacia mi padre.

—Cuando vi la cantidad de líquido, supe que había roto la fuente. Encendí el auto, toqué corneta exasperadamente y salimos del estacionamiento a toda velocidad. Zoé me dijo que empezó a perder la visión. Yo alcancé a ver por el espejo retrovisor a Robert subiéndose los pantalones y llevándose las manos a la cabeza.

No podía creer lo que estaba escuchando y la rabia poco a poco se iba apoderando de mí.

—Todo sucedió muy rápido, llegamos a la clínica y tu mamá estaba inconsciente. Tuvo algunos momentos de lucidez, pero fueron breves. Su presión estaba muy alta y el hecho de que estuviera en el octavo mes de embarazo complicaba todo. Cuando la llevaron a quirófano, me pidió que entrara con ella. Sus ojos transmitían el miedo que estaba sintiendo. Tu padre abrió la puerta de golpe. La doctora se percató de que Zoé se alteró cuando lo vio llegar, por eso lo apartó para explicarle la situación de salud de tu mamá. Yo estaba sujetando la mano de Zoé, cuando ella empezó a gritar solicitando que empezaran la cesárea, que no quería seguir perdiendo tiempo.

Las palabras de mi abuela me hacían sentir todo lo que sintió mi madre ese día; yo, pude sentir su dolor.

—Cuando Robert se acercó a Zoé, tomó su mano, yo lo miré a los ojos y encontré en ellos sentimiento de culpa, pero no había tiempo para dramas. Solo deseábamos que ambos estuvieran a salvo. Con el coraje que caracterizaba a tu mamá, le pidió que saliera, pero al ver que su intención era quedarse, perdió el control y le gritó: «¡Fuera!, vete, sal de aquí y de nuestras vidas». La enfermera le indicó la salida y solo escuché cuando Robert dijo: «Perdóname, te amo».

—¡Qué descaro! —dije, por inercia.

—Estuve con ella durante todo el proceso de parto. Intenté calmarla con la idea del encuentro contigo. Le pedí que imaginara cómo eras y la vi cerrar sus ojos al mismo tiempo que observé el bisturí traspasar su vientre. El sonido del metal se confundía con el *pi pi pi* del monitor cardíaco y empezó a decir que una cuerda tensaba y halaba su corazón arrancándolo del pecho. Estaba fría y el sudor inundaba todo su rostro, así como también las lágrimas que caían por él. Todo estaba lleno de sangre, pero yo solo podía verte a ti. Primero tu cabecita, luego tus hombros, hasta que por fin saliste completito a este mundo. Cuando Zoé escuchó tu primer llanto, esbozó una sonrisa llena de felicidad y plenitud. La enfermera te llevó a sus brazos y al tenerte cerca de ella, te besó la frente y te susurró: «Te amo, Emil. Eres lo más grandioso y perfecto que me ha pasado en la vida» —expresó mi abuela y vi una lágrima empezar a correr por su mejilla.

Cuando la escuché decir eso, tuve una inmesas ganas de llorar. Nunca pude escuchar a mi madre decirme te amo y esa fue la única vez que pudo hacerlo.

—Te entregó en mis manos y me pidió que te cuidara. Le juré que nunca estarías solo mientras yo estuviera con vida. Quedó inconsciente y, aunque no lo creas, pude sentir cómo se separaba su cuerpo de su alma en un desaliento. He vivido con ese recuerdo todo este tiempo y me mata —rompió en llantos y como pudo continuó—. Puedo ver a tu madre a través de tus ojos y, aunque sé que con esto no querrás ver a tu padre jamás, era mi deber decirte la verdad y no manipular las cosas por el simple hecho de que Robert sea mi hijo —finalizó.

Quedé desconsolado llorando sobre sus piernas. No podía digerir todo lo que me había contado, no sabía la tortura que había sido para mi abuela la carga de esa verdad. No podía comprender lo cobarde que era mi padre, pero lo que sí pude entender era que mi madre se había ido para darme paso a esta vida. Estaba muy confundido y decidí huir. Recogí un par de cosas y me marché, no tenía un rumbo, no tenía un plan, solo quería alejarme de ese pasado.

Yo solo deseaba salir de esa burbuja y aceptar que para mi padre yo no formaría parte de su familia jamás. Quería comenzar a trazar las líneas de mi propio destino, no creo en la suerte, son nuestras decisiones acertadas o no, lo que marcan el camino y lo comprendí cuando diez meses después de haberme ido, miré mis manos esposadas mientras era trasladado a un centro penitenciario en el estado Miranda.

Mi vida está llena de ti,
aunque solo seas un recuerdo.

Después de él

Luna

Se veía en buena forma física, considerando el lugar en donde estaba: uno donde reinaba la violencia y se podía esperar de todo. Conviviendo con personas que atraviesan uno de los peores estados de vida que existen. Un lugar habitado por seres invisibles, sin esperanzas. Allí estaba él.

Nos conocimos en la adolescencia, cuando su abuela se mudó a la hacienda San Joaquín. Era un joven de piel canela con intensos ojos marrones. Lo primero que percibí en su mirada, fue mucha tristeza.

Con el pasar de los años nos hicimos buenos amigos. La señora Isabel le insistió a mi madre para que nos dejara pasar tiempo juntos, así él podría adaptarse al campo y conversaría con alguien coetáneo, ya que, hasta los doce años, solo se le había escuchado la voz en tres ocasiones. No festejaba cumpleaños, decía: «¿Cómo puedo celebrar un año más de vida, si hoy se suma uno más de la partida de mi madre?».

Él se fue como la mayoría de los jóvenes que crecemos en ciudades pequeñas. Quería vivir en la capital, conocer el mundo y comprender por qué su padre no estaba con él. Un día, sin aviso, me llamó al prado y se despidió con un profundo abrazo y la promesa de regresar por mí. Sus sueños estaban más allá de los páramos andinos. Los primeros años, luego de su despedida, envió algunos correos, pero nunca volvió a los caminos de nuestra adolescencia y, con su partida, se fue la promesa de volvernos a ver. Emil era muy especial para mí. Conocíamos mucho el uno del otro.

Mérida es una ciudad pequeña y las posibilidades laborales distintas al trabajo en el campo son limitadas, sin embargo, encontré un empleo y pagué mis estudios en la Universidad de Los Andes. Los últimos años los pasé entre libros, ordenadores y apuntes; apenas había tenido oportunidad para vivir algunas cosas. Aún soñaba con Emil. Deseaba verlo y que pudiéramos sentarnos en un bar o en un café a recordar viejos tiempos. Había pasado años sin saber de su paradero.

Al terminar mis estudios, decidí mudarme con mi hermano. Comprendí que Emil tenía razón, el mundo es muy diferente después de la cordillera andina. La ansiedad y el nerviosismo se hacen muy fuertes cuando metes tu vida entera en una maleta —o con suerte en dos— y empiezas caminos desconocidos, inciertos. Un cafecito con mis viejos y algunos chistes en el terminal indicaron que ya estaba próxima a partir. Iba con muchas ganas de seguir creciendo y con la esperanza a flor de piel. Aún recuerdo el vacío que sentí, cuando a las seis de la tarde estaba a bordo de un Expresos Occidente con destino a Caracas.

El autobús arrancó siguiendo el curso del río Chama. Conforme avanzaba en el camino por los campos, los cultivos y los pueblos quedaban atrás. Durante un largo trayecto, solo se divisaba el camino rodeado de montañas. Las poblaciones que se veían eran mucho más pequeñas. Cuando oscureció por completo, dormí un poco.

Al pasar la enorme bajada de Tazón, te encontrabas con un valle de montañas luminosas y una gran autopista con más de tres canales, muchos autos y motociclistas. Desde ese momento, percibí el ritmo y la energía de Caracas. Al bajar del bus, en el terminal de La Bandera, lo busqué entre las personas, pero no lo vi. De repente, sentí unos brazos que me rodeaban por la espalda. Volteé y allí estaba Sebastián. Esa fue mi primera gran experiencia: La felicidad de verlo con el rostro risueño.

—Qué bueno que llegaste sana y salva, mi mamá no ha dejado de llamar —dijo mi hermano, sonriendo.

—¡Me alegra mucho verte! —Nos abrazamos durante varios minutos por todo el tiempo que teníamos sin vernos

—Te la llevarás genial con Alex.

—¿Alex? Mamá no mencionó nada de ningún Alex —comenté mientras me detenía.

—Olvidé ese pequeño detalle.

—¡Oh! Vaya que sí.

—Vivo con mi novia y con Alex —dijo con total normalidad.

—¿Algún otro detalle que se te escape, hermano?

—Ninguno, ven, vamos al auto.

Nos dirigimos al suroeste de la ciudad por la autopista Francisco Fajardo, en medio, el enorme río Guaire atravesaba la ciudad por unos setenta y dos kilómetros. Al pasar por Plaza Venezuela, vi del lado izquierdo los grandes edificios con imponente arquitectura, a la derecha, el Jardín Botánico. Desde la autopista, se veía el metro. Luego de cuarenta minutos aproximadamente, entramos a Caricuao donde Sebastián vivía en un bloque de la UD-4.

En el apartamento se encontraba Vanessa. Mi hermano la conoció en el Gran Café en Sabana Grande a los pocos meses de haber llegado. Consiguió empleo de barista y ella era cajera. Era alta, color canela, cabello marrón lacio hasta las caderas, sus ojos negros con mucha profundidad dejaban entrever su edad y experiencia.

—Qué bueno que llegaste, cuñis —dijo con alegría.

—Por fin nos conocemos, Sebas me ha hablado mucho de ti.

—Bienvenida. —Me abrazó con amabilidad—. Debes tener hambre, ya el desayuno está casi listo.

Sebastián me llevó a la que sería mi habitación: Una cama pequeña, un armario del lado izquierdo con un espejo donde apenas me veía el rostro, y una ventana, era todo lo que tenía.

—Te dejo para que te pongas cómoda —indicó Sebastián.

Me miré en el espejo y aprecié cuánto había cambiado. Llevaba el cabello negro hasta los hombros, lo cual hacía que mi piel pareciera más blanca de lo que naturalmente es, mi cara delataba una noche difícil por el viaje y reflejaba mis veinticinco años. Me acosté en la cama mirando al techo con cierta melancolía por lo lejos que me encontraba de mi hogar.

Sebastián y yo éramos muy buenos amigos, aunque debo reconocer que físicamente ya no era el joven que yo recordaba y no sé si, espiritualmente, lo fuera. Viajó a la ciudad queriendo ser chef de algún restaurante reconocido. Desde que era niño, nuestros padres habían sido severos con él, pues su tenacidad, coraje y elocuencia siempre lo metían en algún problema. No fue una sorpresa que quisiera distanciarse, al cumplir dieciocho años no perdió la oportunidad de trazar su futuro, antes de que papá quisiera entregarlo al cuartel.

—El desayuno está listo —dijo Vanessa mientras golpeaba dos veces a mi puerta.

En la sala estaba Alex, sus ojos verdes se deslizaron sobre mí de arriba abajo con descaro. Me incomodó. Su atractivo era el de un chico común y corriente. Saludé levantando la mano, no era necesario presentarnos. Sentados en la mesa, intenté contar anécdotas sobre nuestra infancia en el campo, pero Sebas mostró poco interés; su vida era otra más allá de los recuerdos distantes. Alex no dejaba de mirarme con una sonrisa burlona y, en su intento por romper el hielo, me preguntó:

—¿Cómo te preparas para tu nueva vida?

—Con un poco de expectativa, pues supone un gran reto conocer el lugar, adaptarme y hacer una vida.

Para cuando solté un suspiro, sabía que me dormiría pronto. Luego de terminar el desayuno y lavar el plato, me fui a la habitación, terminé de desempacar y me recosté en la cama. Hasta ese momento, no sabía cuánto cambiaría mi vida.

Solo si crees que puedes volar, podrás sentir despegar los pies del suelo.

Polvo de estrella

Luna

Un mes después fui a una entrevista de trabajo en Aerocav sin tener claro el puesto que ofrecían. Llevaba una blusa de seda blanca, una falda de lino que iba de la cintura a las rodillas y unos zapatos rojos que me estaban matando. El bullicio del metro me impresionaba: Las personas corrían de un lado a otro en la pasarela de Capitolio. Entender y asimilar esto era parte de la nueva adaptación que debía vivir. La ciudad era exigente, para los que vivían aquí todo era normal. Debía apresurarme y estar muy pendiente de mis cosas. El metro lleno era una experiencia abrumadora.

Al llegar a La California Sur tomé un taxi que me llevaría a la avenida Río de Janeiro. En el camino observé que Aerocav quedaba en medio de una autopista y me pregunté cómo iba a salir de ahí. Me anuncié en la recepción, había otros dos candidatos para el cargo. Observé la oficina en plena jornada laboral, muchos camiones de la flota pasaban por el estacionamiento y desfilaban hombres con el uniforme.

—Luna, ¿verdad? —preguntó una mujer alta que traía un perfume de esos que se impregnan hasta en la ropa de quien pase a su lado y yo asentí—, soy Beatriz Zambrano, gerente de Recursos Humanos, sígueme, por favor.

Entramos a una oficina muy elegante.

—He visto tu hoja de vida y me parece muy completa a pesar de no contar con tanta experiencia laboral. Cuéntame más de ti.

—Me considero bastante proactiva, de fácil aprendizaje y con mucha retentiva. Puedo trabajar bajo presión y quizá no tengo práctica, porque realmente me dediqué a mis estudios.

—Sin duda, eso lo puedo ver en tus notas, graduada con honores. ¿Cómo te mueves en la ciudad?

—En transporte público.

—Por lo que veo podríamos decir que estás bastante preparada para el cargo. La vacante es para asistente del Departamento de Finanzas. Con la práctica irás mejorando.

—Me parece una gran oportunidad.

—Hoy vamos a entrevistar a otros candidatos. Nos pondremos en contacto con el seleccionado al final del día con el propósito de cumplir con el papeleo e iniciar el lunes —me indicó.

—Muchas gracias, quedo atenta a su respuesta.

Salir de allí fue un verdadero problema, las camionetas de transporte público no paraban, iban a toda velocidad y tampoco se veían muchos taxis. Cuando una camioneta logró parar, corrí detrás de ella para poder subir. Demoré mucho en salir del lugar. Luego tomé el metro. Después de hora y media ya estaba en la casa.

Sebastián trabajaba todo el día en el restaurante del hotel Meliá. Tenía un horario rotativo y algunas semanas trabajaba de noche. Vanessa seguía en el Gran Café. Yo me quedaba en el apartamento con Alex todo el día, se levantaba siempre para la hora de almuerzo. Luego, salía y entraba del edificio muchas veces, siempre lo buscaban otros chicos o era llamado en la puerta, tenía bastantes amigos. Era primo de Vanessa, ella lo apreciaba como si fuera su hermano, los padres de ambos murieron en un accidente de auto y se convirtieron en su única familia.

Era un chico misterioso, sigiloso, su actitud era de adolescente que piensa que se las sabe todas y quiere devorarse el mundo. Siempre llevaba puesta una sudadera y un bolso de lado que no desamparaba nunca. No tengo muy claro qué hacía para vivir, solo sé que aportaba para los gastos. Estudiaba en un instituto técnico al que nunca vi que fuera.

Cerca de las cuatro de la tarde, estaba limpiando mi habitación y sonó el celular:

—Luna, es Beatriz, te enviaremos por correo las órdenes médicas para que te realices los exámenes de salud y el contrato para que lo revises. Felicidades, el puesto es tuyo.

—Muchas gracias. ¡Qué alegría! —Y justo cuando me disponía a colgar la llamada, escuché una voz que me resultó familiar. Mi corazón se detuvo unos segundos. Creía saber de quién era esa voz… era Emil.

Al hombre que le va bien poco agradece.
Al hombre que le val mal mucho se juzga.

Desiciones

Emil

Le escribía a Luna, le hablaba de amor, siempre estuve enamorado de ella. Fui un cobarde y la idea de no ser correspondido, de no estar a su altura o no poder ofrecerle la vida que se merecía, me aterraba.

Recordaba a Luna como la adolescente de casi dieciocho años que dejé en la hacienda en San Juan de Lagunillas con la promesa firme de regresar por ella. Inmortalicé su sonrisa en mi memoria, parecía tallada por los mismos ángeles, aunque suene cliché. La expresión en su rostro era de felicidad y sensualidad pura, sus mejillas rosas eran encantadoras y tenía unos ojos con un brillo peculiar. Su cabello ondulado encajaba perfectamente con el tono blanquecino de su piel y las pecas de su cara, su cuerpo no tenía la medida que la sociedad señala como requisito para ser considerada "bella", pero para mí, Luna era perfecta. A ella no le gustaba el color de su cabello, sentía que la veían raro, pero ese caoba cobrizo, para mí, era maravilloso. Yo le decía que solo los seres llenos de magia tienen aspectos tan peculiares que al ojo de los mortales parecen un tanto extraños.

Nunca he sido bueno con las palabras, pero, con ella, se me hacía fácil conversar. Su risa me daba satisfacción, su presencia me transmitía paz. Al pasar de los años reflexioné confesarme, pero realmente qué podría ofrecerle yo, ella soñaba con cosas que yo nunca había conocido: una casa con niños, sonrisas y amor de familia. ¿Cómo podía darle algo que nunca tuve?

Cuando llegué a Caracas, renté una habitación en una pensión por la plaza La Concordia. Empecé una nueva vida. El primer propósito era conseguir un empleo y luego construir un futuro lejos de mi padre. Al principio, creí que podría lograrlo, pero en mi interior sentía el galopar del caballo al recorrer el campo. En los primeros meses, caminé casi toda Caracas entregando hojas de vida buscando empleo. La búsqueda fue ardua, los requisitos se resumían en tener menos de veinticinco años, una carrera terminada y tres años de experiencia, una combinación un tanto incomprensible al pensar que si llevas un buen tiempo de estudio, te gradúas de la universidad cerca de los veinticinco años; si solo estudiaste, difícilmente tendrías experiencia y, si lograste trabajar y estudiar, sería muy cuesta arriba que trabajaras ya en la rama de estudio.

Hice una buena amistad con un vecino, Fabián, quien para tener veinte años, era bastante reservado, solitario y algo misterioso. Tenía su propio negocio, vendía cigarros en la plaza, se la pasaba con personas de aspecto fachoso, aunque era un buen tipo y con bastante madurez para su edad. Constantemente, me ayudaba con la comida, yo cocinaba para los dos y le lavaba la moto o el auto.

Durante aproximadamente un año, logré ganar un par de monedas vendiendo galletas Cocosette en la parada de buses que iban de Capitolio a La Guaira. Hacía todo tipo de trabajo que conseguía: Lavé autos, vendí periódicos e ingresé a una obra de construcción, pero el cemento hizo una reacción alérgica en mi piel, por lo que me despidieron. Hice todo cuanto fue posible para que mi espíritu no desvaneciera. En mi mente, me repetía una y otra vez que no regresaría con un fracaso a cuestas ni a vivir de las sobras de mi padre ni de la herencia de mi abuela.

Intentaba solucionar cómo podía para pagar el arriendo y comprar algo de comida. Un día no conté con tanta suerte, hubo un robo a mano armada en el bus donde vendía galletas. Se llevaron todo, intenté forcejear con uno de los ladrones, pero lo que conseguí fue una golpiza y ver cómo se alejaba comiéndose las galletas y burlándose por dejarme en el piso.

Lo que más me dolía era acostarme de noche, mirar el techo y preguntarme qué sentido tenía la vida. Lleno de tristeza, me acerqué a Fabián en busca de una oportunidad.

—¿*Qué e' lo que es,* Emil? —dijo estrechándome la mano con el tono de voz particular que caracteriza un lenguaje poco convencional propio de quien ha tenido muchas experiencias en la calle.

—Ayúdame con una chamba.

—Tú sabes que en mi sistema no hay vuelta atrás. Tenemos un trabajo para hoy. Es solo mover un paquete de un punto a otro. ¿Te atreves? —dijo mientras encendía un cigarro.

—Claro que sí, confírmame si es seguro. No tengo ni para la comida —le dije.

—Eso está confirmado. Debes estar listo a las seis de la tarde.

—Cuenta conmigo.

Antes de salir a la entrega, me miré al espejo y me dije: «Así la necesidad transforma a muchos jóvenes en la ciudad». Al llegar a El Paraíso donde debía realizar la entrega, me fijé que un carro me estaba siguiendo, estaba a dos cuadras del lugar cuando una patrulla me interceptó, sin darme cuenta aparecieron policías por todos lados, me sujetaron y me arrinconaron contra la pared.

Yo creí que me saldría con la mía, realizar la entrega sin que me hicieran muchas preguntas. La paga era lo suficientemente buena, pero había tomado una decisión y ahora debía cargar con sus consecuencias.

A veces, nos irrumpe la tristeza, pero, en este lugar, debemos aprender a controlarla reprimiendo su llanto, sin poder callarla en nuestro corazón, los instantes mágicos de la vida pasaron y solo una decisión cambió el rumbo del camino. Entonces, el encanto de la vida se esconde y entras a un lugar donde eres un muerto para la sociedad, formas parte de la escoria, con una etiqueta y una mancha que quedará por siempre en tu memoria.

Recuerdo cuando mi abuela me contó lo que sucedió con mis padres, cómo mi padre se desprendió de mi vida solo con la excusa de que en mis ojos veía a mi madre. No tuvo el coraje para enfrentar las consecuencias que acarrearon sus decisiones y aunque lucho con no juzgar su comportamiento, no puedo justificar sus acciones y realmente se tiene que ser muy cobarde para abandonar a un hijo, pasar la página y continuar con tu vida como si no existiera, no lo vi en años, su cheque llegaba sin falta, pero quien ha dicho que el dinero compra cariño. Cuando lo necesité, ¿en dónde estuvo? Quién sabe…, pero de lo que sí tengo certeza es de que un cheque no puede escuchar tus tristezas, no seca tus lágrimas, ni podría ayudarte a confrontar tus temores.

El miedo empezó a invadirme, mis ojos se llenaron de lágrimas, un escalofrío recorrió mi espina dorsal mientras observaba a los policías que entraban en el recinto penitenciario. La impresión de verme en ese lugar sin ningún tipo de compañía, solo con lo que llevaba puesto. Fuimos cinco los trasladados. Eran las tres de la madrugada y hacía frío o quizá solo era esa sensación de saber que lo había perdido todo, incluso mi libertad.

—Bajando, bajando, que llegaron a casita. —Esa fue la forma que usó el guardia para ordenarnos salir del bus—. No crean que los que tienen la suerte de ser recibidos aquí, les va a ir distinto. Yo que ustedes, no dormiría, vamos a ver si de verdad son «muy malos», pero ahora los quiero a todos arrodillados con la cabeza abajo —agregó, con un tono de superioridad.

Me incomodaban las miradas de los reos. Vociferaban su juego diciendo: "ese becerro mató a un tipo inocente" o "esa bruja robó a mi mamá", "se comió la luz con mi jeva", "ese es culebra mía de la calle", "allá arriba ruedas, bruja".

Los presos controlaban el penal, a través de un sistema de gobierno liderado por un principal o conocido como "el pran" y su personal de confianza denominados "el carro" quienes se hacían llamar "los luceros", cada módulo era territorio controlado por ellos. Abrían y cerraban las puertas y regulaban el acceso. En las entradas de cada piso de la torre, los luceros jugaban con las armas. Las mostraban, las manoseaban y las frotaban; uno tenía el extremo en la boca y se acariciaba con ella el labio. Escopetas recortadas, pistolas, revólveres grandes y pequeños. Todos exhibían su armamento como en una especie de competencia, se aferraban a ellas, era lo único que tenían, el pasaporte que los protegía, que les daba poder y respeto en un mundo de retos de fuego inapelables que, a menudo, conducían a la muerte.

—*Qué e lo que es, el mío,* ¿No tendrás una bombita ahí que me salve? —Se me acercó un hombre flaco, cabello con canas, aparentaba más de cincuenta años.

—Qué va, viejo, estoy frito —dije y continué caminando sin un rumbo definido.

—Deja el bicheteo, viejo —dijo un tipo que tenía una pistola en la mano—. ¿Quién es Emil, Emilito, Emilio?

—Yo —respondí con un nudo en la garganta.

—Llégate, *el mío*, el convive de Fabián te está esperando, —me indicó, y lo seguí hacía mi encuentro con la persona que me mandó a solicitar.

En el lugar, había dos mesitas a los lados de la entrada. La primera vez no conseguí adivinar qué exponían en ellas hasta que pasé dos veces más y vi que vendían piedritas de crack alineadas cuidadosamente en hileras y bolsas que contenían marihuana, heroína y cocaína.

—*Qué e' lo que es,* convivito —dijo un tipo con una herida en la cara—. Yo soy Homelito, el principal de la torre administrativa del penal y el socio de Fabian, él me llamó y me informó que te trajeron aquí por una vuelta de nuestro negocio. Te portaste como un tipo serio y no sapeaste a nadie, esa es la que es. En oportunidades, debemos sacrificar una carga, lamentablemente con uno de nuestros empleados, pero se hace con el propósito de desviar la atención y darle luz verde a una carga más pesada. Así que, bienvenido a las grandes ligas, el mío —expresó abriendo sus brazos y señalando su alrededor—. Yo le voy a hablar claro, corto y preciso, esto es así: No se pueden estar diciendo malas palabras, no se meta en deudas, camine solo, no busques malas compañías, aquí se paga todo, sea serio, porque, el boleto de entrada la vida y tus acciones afuera te lo regalaron, pero en la cárcel el ticket de salida te lo tienes que ganar y una mala acción, una mala palabra te otorga un pase de salida en cuestiones de segundos, pero sin vida.

Escuchar a ese hombre, que sonaba tan indolente, trajo a mi mente a mi abuela Isabel que cuando niño, me repetía una y otra vez, que no dijera groserías, que no robara, que no matara y que siempre me la pasara solo porque, si uno de mis amigos se metía en un problema, los demás pensarían que yo estaría al tanto y podía terminar involucrado en cosas que yo desconocía, pero que para el resto era imposible que yo no supiera lo que hacían mis amigos. La vida me quería enseñar nuevamente, ahora con el balance de mi vida sobre una cuerda floja.

Unos gritos interrumpieron la presentación que me estaban dando y mis pensamientos: «Homelito, llegó la bruja», fue lo que pude entender.

—Con que tú eres la bruja que entregó a mi hermano —exclamó Homelito observándolo de pies a cabeza.

—No sé de qué me estás hablando, pana. Yo soy un tipo serio y no ando vendiendo a nadie.

—¿Sí?, ¿y cómo explicas que la policía llegó a la caleta que solamente mi hermano y tú conocían?

—Yo no tuve nada que ver, mi pana, perdóname la vida, por favor —suplicó con el terror sembrado en su cara.

—Tenemos la base, yo no vivo con brujas y tampoco soy tu pana —exclamó, para después dejarle un disparo en seco en medio de la frente.

El hombre cayó mientras convulsionaba. El pran avanzó y, poniéndole un pie en el pecho, le disparó dos veces más en el rostro. Los demás en la habitación solo observamos en silencio después de eso, dos de los reos halaron el cuerpo hacia la parte de afuera del pabellón.

Habían matado a una persona frente a mí e intentaba imaginar que todo lo que estaba pasando era una pesadilla, pero el miedo que sentía me recordó que era mi realidad, que, desde ese momento, tenía que adaptarme a mi nueva vida, una en donde no se tenía nada más que miedo y desesperanza sobre el mañana.

Las caídas, las lágrimas y la reflexión te forjarán de nuevo,
porque cada persona tiene su punto de quiebre,
pero la vida te enseñará que algunos cambios
eran necesarios para tomar
la decisión correcta.

La primera vez

Luna

Tan pronto crucé la puerta de cristal de Aerocav en mi primer día de trabajo, Beatriz estaba esperándome:

—Luna, es un placer tenerte aquí.

—Es un gusto verte, Beatriz.

—Sígueme —dijo indicando el camino con un gesto.

Me explicó «con detalle» el cronograma de la compañía, me habló de los nuevos proyectos, las metas y estrategias de crecimiento que estaban desarrollando. Media hora después pasamos al Departamento de Finanzas donde me presentaron con el equipo.

—Ella es Luna, a partir de hoy será la asistente del señor Luis Martínez. Te dejo en buenas manos —exclamó.

El señor Luis tenía unos treinta y tantos años, de baja estatura, cabello negro, tez blanca y con un particular bigote que realzaba un gran lunar en la mejilla. Llamó al resto del equipo: Jessica, su secretaria, María Fernanda, la analista de costos y Diego, analista de contabilidad. Todos se presentaron de forma muy amigable. Jessica se encargó de enseñarme el lugar y explicarme mis funciones.

Mi cubículo tenía un gran ventanal que dejaba ver la avenida, así como las casas de La California Sur y Norte con el imponente Ávila de fondo.

—Estos documentos deben ser clasificados por gastos —indicó Jessica señalando una torre de papeles.

—Ok, ya me encargo de eso.

—Sí, para que puedas hacer un poco de espacio. ¿Trajiste tu almuerzo? —me preguntó.

—Sí.

—Genial, al mediodía vamos al comedor. Bienvenida, Luna —dijo sonriendo.

Dejé mis cosas en la gaveta del escritorio y comencé a clasificar las facturas. El tiempo transcurrió muy rápido o realmente estaba muy entretenida. A las doce en punto Jessica pasó por mí. El comedor estaba en una sección aparte de las oficinas, debíamos salir de la torre y caminar al final de los estacionamientos, allí había un gran salón con más de treinta mesas y unos veinte hornos microondas.

A la hora del almuerzo, se reunían los departamentos de Finanzas, Crédito y Tesorería, juntaban alrededor de unas cinco mesas y parecía el cuadro de *La última cena*. Almorzamos en medio de chistes, cuentos y anécdotas. Los últimos veinte minutos eran para jugar póker. Diego no demoró en seducirme con el juego y me explicaba cada estrategia.

Cuando faltaba un cuarto para las cinco, sonó mi celular.

—¡Hola, pequeño saltamontes.

—Hola, Sebas.

—¿Qué tal el primer día?

—Genial, me gusta el lugar.

—¿Te parece si paso por ti y vamos a celebrar?

—Nada me haría más feliz.

—Estoy allí en media hora.

—Perfecto.

Al finalizar la llamada, intenté dejar ordenados los documentos que había logrado seleccionar, para al día siguiente terminar de archivarlos. Tomé mis cosas y caminé hacia el auto de Sebastián, al subir lo saludé con un beso y en tono de broma me dijo:

—¡Guao!, si mi hermana es toda una ejecutiva —exclamó soltando una carcajada.

—No te burles, recuerda de quien es el vestido.

—Estoy bromeando, te ves muy bien.

—¿Y Vanessa, dónde está?

—Es una salida de hermanos.

Ahí estábamos después de tanto tiempo. De niños descubrimos el mundo agarrados de la mano, cuando la inocencia deja el corazón desnudo para recibir lo mejor que hay en la vida. Amaba tanto a mi hermano, si es que acaso una niña puede entender el significado de amar. Ahora éramos adultos responsables y lo seguía admirando y amando como una demente.

No pasaron diez minutos cuando llegamos a Maroma Bar en Las Mercedes, el lugar era acogedor, estaba decorado con luces tenues, una terraza con no más de cuatro mesas y la música tenía un volumen que permitía conversar. Según Sebas, era el mejor sushi de la ciudad y con una super promoción: «Coma todos los roles que pueda hasta las once de la noche por cinco mil bolívares».

—Vaya. Esto, sin duda, es otra onda.

—Es un buen lugar —dijo mientras colocaba su chaqueta en la silla.

—¿Por qué no has regresado a visitar a los viejos? —comencé por la pregunta que quería hacerle desde mi llegada.

—A pesar de estar lejos, siento el juicio de papá por haberme marchado de casa, pero ya no soportaba ver las peleas con mamá por mi culpa, su rechazo, yo no fui el hijo perfecto que papá esperaba. Decidí alejarme de todo, escapar para no ser entregado al ejército, mi relación con él era distinta a la tuya, Luna, de mí esperaba muchas cosas que yo no quería hacer.

—Te entiendo, pero sabes muy bien que nuestros padres fueron educados con otras convicciones.

—Volveré cuando esté listo, yo también extraño a mamá y, el tenerte aquí me conecta muchísimo con ella y me hace muy feliz —expresó.

Un silencio invadió la mesa, era difícil ocultar las emociones, pero el silencio fue interrumpido cuando una joven salonera llegó a atendernos.

—Bienvenidos —saludó con una enorme sonrisa—. Mi nombre es Carla y estaré a sus servicios, ¿puedo tomar su orden?

—Por supuesto —contestó Sebas—, queremos dos cervezas y estaremos revisando el menú de *rolls*.

—Ya regreso con su pedido —dijo la joven.

—Luna, ¿qué te parece Vanessa?

—Es genial, amable, cariñosa, bondadosa, espontánea, creo que te quiere mucho.

—Y yo a ella —expresó, sonriendo.

—¿Por qué lo preguntas?

—Le voy a pedir matrimonio.

—¿¡Qué!? ¡Guao, qué emoción! —exclamé colocándome las manos sobre la cabeza—. Ven para darte un abrazo, ¡Estás enamorado! —Me sentía feliz por él.

—Sí, Vanessa es una gran mujer.

—Mamá se va a morir de felicidad cuando se entere.

Luego de esa maravillosa noticia, terminamos un par de cervezas y comimos sushi hasta más no poder.

—¡Muchas gracias, Sebas! Te amo —dije con alegría.

—De nada, hermanita, necesitábamos un tiempo a solas. Y yo también te amo.

No sabes lo fuerte que eres...
Hasta que ser fuerte es tú única opción.

Viviendo entre mentes y dementes

Emil

El miedo tiene una definición diferente en la vida de cada persona, hay quienes temen perder la vida y los que, constantemente, dormimos con la muerte.

Cuando cayó la primera noche en el penal, comprendí lo que era dormir en la calle, esa noche caminé por las canchas y me recosté en el campo de fútbol, a observar el cielo. Reflexionaba lo que había escuchado esa tarde cuando pasé cerca de la iglesia, un joven cristiano decía: En este proceso de aprendizaje, el pilar fundamental para los que estábamos perdidos es la fe, esa fuerza invisible ayuda a mantener la esperanza y creer en una nueva oportunidad, aceptar nuestros errores es la parte más difícil, pero nos libera de la frustración y el resentimiento.

Yo no era una persona religiosa, había pasado mucho tiempo de mi vida cuestionando la existencia de Dios, estuve muchos años enfadado con él, por no tener cerca a mis padres, pero esa noche me sentía frustrado, no con él, sino conmigo y decidí hablarle desde mi corazón.

«Dios, a veces he dudado del proceder de tu voluntad, realmente no sé cuál es el propósito de hacerme vivir esta prueba, sé que debo aceptar mi error de intentar traficar drogas, tomé lo que pensaba sería la salida fácil a mi problema, sin pensar en la cantidad de personas que dañarían sus vidas, si esa porquería llegaban a sus manos. Admito y acepto que cometí un error, solo te pido que tengas misericordia de mi ser, quisiera poder salir de aquí, porque necesito a mi familia, a mi abuela, a mis amigos, daría mi vida por regresar a esos momentos cuando era un niño y sentía tanto miedo que corría a los brazos de mi vieja, en donde encontraba seguridad, amor y compañía. Sé que me porté como un patán, en muchas ocasiones, fui grosero con ella, sin apreciar que solo quería lo mejor para ambos. Por muchos años, te reproché haberme dejado solo en este mundo y a Isabel le cuestionaba su manera de criarme. Hoy, perdido en la oscuridad, reconozco que el rencor y el resentimiento gobernaban dentro mi corazón y fui tan egoísta por no tener lo que yo deseaba, no me permití aceptar el amor que las personas sentían por mí, no valoré lo que tenía y hoy lo menos que puedo hacer, por respeto a ellos, es no ser una carga en sus vidas».

Intentaba ver en retrospectiva mi historia, buscando el momento donde me perdí. Deseaba encontrarlo y tener el poder de borrarlo de mi vida. Esa noche no dormí entre pensamientos y esa conversación con Dios, en ocasiones, sentía que él me escuchaba, vi el transcurrir de la noche a un nuevo día y, a medida que el amanecer alzaba en el horizonte, comprendía que el propósito principal que debía tener era luchar para sobrevivir, empezar de cero como los niños, aprender a caminar, hablar, a decir por favor, a pedir disculpas y hacer lo correcto dentro de esas nuevas reglas, era una oportunidad de reiniciar en un mundo desconocido y peligroso, pero de mí dependía el rumbo que tomaría.

A las cinco de la mañana, los presos que eran encargados de la rutina del día a día, debían hacer el llamado a la población a través del conocido: «pegue de luz para despertar e ir al deporte». Esa mañana nos reunieron a todos en el patio, los reos se acomodaban formando un círculo, la tensión se sentía con solo respirar, la atmósfera se hizo más pesada cuando llegó el pran con un hombre amarrado de las manos y custodiado de cinco luceros.

—Hoy no es un día de deporte como cualquier otro —expresó Homelito caminando alrededor de la población—. Estamos reuniendo al pueblo, porque nos enteramos de que Carlito es una bruja que trabaja con los policías y le gusta vender a los tipos serios y aquí tenemos las bases.

—Nosotros nos robamos un carro cuando fuimos a recoger el rescate, me estaban esperando unos policías y me robaron —indicó un preso que estaba con los luceros—. Al pasar de los meses, vi a los mismos tipos tomándose unos tragos con Carlito y me hice una mente.

Se levantó un hombre de la población y pidió la palabra:

—Nosotros robamos una joyería y repartimos el botín en la casa de Carlito, cuando salí del barrio, me agarró la policía.

Los presos empezaron a gritarle «bruja», «píchalo», «vamos a jugar fútbol con su cabeza».

—Calma, pueblo —gritó Homelito—. No lo vamos agarrar nosotros, aquí en el penal hay un hermano de él que está claro con nosotros y nos ha demostrado ser un tipo serio con un solo rostro, si lo lanzamos a la población no lo van a dejar para nadie.

—*Coño de la madre* —dijo el hermano de Carlito parándose frente a él.

—Hermano, ¿qué vas hacer? —preguntó Carlito.

—Te lo dije, pórtate bien, te conté como es la rutina en la cárcel, haz las cosas bien, pero tú nunca escuchaste y hoy día no te está agarrando tu hermano, te está agarrando la rutina.

—Hermano, hermano —suplicó Carlito.

El hermano le dio la espalda, se secó las lágrimas, sacó la pistola, se volteó hacia él y le dio dos disparos. Cuando cayó al suelo, con la mirada fija sobre su hermano, sin parpadear un segundo, lo remató con cinco tiros y lanzó la pistola al piso.

—Sabes qué, Homelito, yo soy un tipo serio, pero tengo que llorar a mi muerto.

—Claro causa, haz lo que tú quieras, porque ese es su hermano —dijo el pran.

El hombre levantó a su hermano llorando y lo sacó hasta la puerta de los policías, les pidió una sábana para cubrir el cuerpo. Se escuchaba gritar: «coño, hermanito, por qué no me escuchaste».

La rutina en la cárcel no perdona y ese hombre había decidido darle una muerte rápida a Carlito antes de verlo sufrir en manos desalmadas de otros reos, intentó evitarle sufrimiento, aunque eso destrozó su alma. Algunos están destinados a no ser, otros a acompañarse y este hermano a terminar con la vida de uno de sus seres más amados, con tal de evitarle pasar por cosas que la mente no alcanza a imaginar.

La vida no está esperando por ti en alguna parte...
La vida está sucediendo

Un poco de paraíso en la tierra

Luna

Para el feriado del diecinueve de abril, le insistimos a Sebastián para que pidiera libre ese fin de semana e hiciéramos un viaje: Vanessa, él y yo, desde el sábado hasta el lunes, a las playas del estado Aragua. Salimos a las seis de la mañana, nuestro viaje empezó con un amanecer espectacular que se alzaba en el horizonte.

A eso de las nueve de la mañana, llegamos a Maracay. A partir de ese momento el recorrido estuvo cargado de mucha adrenalina. Se nos dibujó una gran sonrisa al ver la belleza de los paisajes mientras nos adentrámos en el parque nacional Henri Pittier, un atractivo natural que excitaba el corazón. Una selva nublada con la vía angosta, solo dos canales de carretera, fallas de bordes, puentes de guerra y curvas muy cerradas. Encontramos autobuses del siglo pasado con grandes motores y unas bocinas extremadamente ruidosas, eran conocidas como "guaguas".

Seguimos hasta Ocumare de la Costa y, de allí, la ruta a bahía de Cata: una playa en forma de semicírculo, aguas cristalinas, arena blanca fina y muchos cocoteros. Al llegar, armamos las carpas y nos sentamos en la arena como expectantes ante la playa más hermosa que había visto en mi vida.

Al caer la noche, el lugar se llenaba con otros turistas y surfistas que viajaban desde muchos lugares del país y del mundo para conquistar las olas. En la arena se armaban fogatas y grandes tertulias con los tambores, lo cual creaba un lugar lleno de vibra y energía. Los lugareños eran personas humildes y en el lugar se repetía la leyenda de una mujer:

«Añoraba ser hermosa para conseguir y tener un hombre a su lado, por lo que vendió su alma al demonio del risco más alto y peligroso de la Ciénaga a cambio de su belleza, que solo se compara con la de una diosa, pero la parte baja de su cuerpo quedó en forma de pez. Como una maldición. Por eso no es recomendable navegar de noche hacia la Ciénaga, ella se encarga de llamar a los hombres de las embarcaciones para que se adentren al risco y mueran ante la belleza de la mujer».

A las cinco de la mañana, me levanté a ver el amanecer, era inefable. Emil venía a mi mente, me preguntaba dónde estaría, si ya habría estado aquí o si cuando lo viera podría contarle de este lugar, quizá ya su universo era otro y tanto el pueblo como yo, solo éramos recuerdos distantes.

—¿No has hablado más con Emil? —preguntó Sebastián sentándose a mi lado como si pudiera leerme el pensamiento.

—No. Dejó de escribir después un tiempo, ya no recuerdo hace cuánto fue.

—¿Y lo estás esperando?

—Tal vez al principio sí, ahora no lo sé. Cambiamos con el paso del tiempo, puede que ya no sea quien yo recuerdo o que yo no sea la jovencita que él tendrá en su mente.

—Cuando éramos adolescentes, llegué a pensar que estaban enamorados. ¡Probablemente no han tenido su momento! —dijo al levantarse—, ven, vamos a desayunar. Les tengo una sorpresa.

Desayunamos empanadas de cazón en una posada restaurante a pocos metros de la orilla de la playa, luego nos fuimos en lancha a La Ciénaga, esa playa escondida que Valentina Quintero nombró en su programa como una de las más bellas del mundo. Una especie de ciénaga natural que se mezcla con el agua que cae de los ríos. Es un paraíso color turquesa, se veía gran cantidad de estrellas de mar. Pasamos el día tomando sol y bañándonos en aquella piscina natural. En un momento dado, sin mucho preámbulo, Sebastián se arrodilló frente a Vanessa y le dijo:

—Estar a tu lado es genial, me has regalado tantos momentos de alegría, todo este tiempo juntos ha sido una bendición. Te amo sin problemas ni orgullo. Cada mañana, al despertar, lo primero que quiero es ver tu sonrisa y lo último que quiero hacer antes de cerrar los ojos es darte un beso. Y deseo hacer esto mientras tú y el amor que nos tenemos me lo permitan, ¿Te quieres casar conmigo?

Ella quedó paralizada, llevó sus manos a la cara y llorando con voz quebrada, saltó sobre él.

—¡Sí! ¡Sí!, acepto. Te amo, mi príncipe —le respondió, con felicidad desbordante.

Nunca había presenciado un momento así y no recuerdo haber visto a mi hermano tan feliz. Pocas veces me pregunté si yo iba a poder vivir ese tipo de felicidad, hasta que vi a Vanessa. Deseaba poder tener la oportunidad de experimentar lo que ella estaba viviendo y, por una extraña razón, Emil apareció en mi mente. Dicen que solo se ama una vez en la vida y yo me preguntaba si solo lo amaría a él.

Había pasado casi una semana desde que Sebastián le pidió matrimonio a Vanessa y en la casa lo que se respiraba era la magia del amor. Ya era viernes y el jefe nos convocó a la reunión que acostumbraba hacer todos los viernes antes de irnos. Nos dirigimos a la sala de conferencias y el señor Luis tomó la palabra, planteó la temática así como el cronograma de actividades. Hablamos sobre los avances de nuestras funciones, los pendientes que quedarían para la siguiente semana y cualquier otro asunto necesario.

Al terminar la reunión, Jessica me invitó a bailar para despejarnos un poco, le dije que sí. Ella y yo nos habíamos hecho buenas amigas, incluso vivíamos bastante cerca. Era una joven muy coqueta, de veinticinco años, delgada, con una figura esbelta, senos operados y gusto por la moda de grandes diseñadores. Creía firmemente que un día llegaría un hombre guapo, de muy buen estatus social que la sacara de vivir en Las Adjuntas, la librara de deudas y le brindara una vida con más comodidades.

Fuimos al baño, Jessica me contaba lo poco que sabía de Mario, un muchacho que trabajaba en el Departamento de Reparto y que le llamaba mucho la atención, pero no cumplía con sus altos estándares para aceptarlo como pretendiente. Retocamos un poco nuestro maquillaje y, al salir de la oficina, nos fuimos a un bar en La Castellana en una calle muy concurrida, con locales bien ambientados y autos llamativos. El público era bastante maduro, pero no me incomodaba estar en un lugar tranquilo y tomar unos tragos mientras escuchaba buena música.

Las melodías hacían eco en mis oídos, me vibraba el pecho. Sostenía el trago de ginebra con una mano mientras me movía al ritmo de la música en medio de la pista. Jessica, moviendo sus caderas que cautivaban las miradas de los chicos alrededor, sin querer, tropezó con un hombre que bailaba un poco desfasado en relación con el ritmo de la música. Volteó, alzó la vista, se miraron por un minuto.

—Lo siento, linda, fue mi culpa —dijo alzando la voz porque la música estaba en su máximo volumen.

—No hay problema, señor —respondió Jessica sonriendo.

Cuando regresamos a la mesa para descansar y pedir otra ronda de tragos, nos sorprendió el mesero con una botella de champaña cortesía del señor.

—¿Lo vamos a aceptar? —pregunté.

—Obviamente, Luna, no podemos ser descorteses.

—¿Y si le pusieron algo?

—No vale —dijo riendo—. Es normal, nos está coqueteando.

—Es en serio, podría ser tu suegro.

—Pero no lo es. ¡Relájate! —dijo mientras lo saludaba con coquetería desde la mesa.

Pasados unos minutos, el señor se acercó a nosotras con su mirada penetrante y olor a colonia de hombre mayor y le extendió una tarjeta a Jessica:

—Disculpa mi mala educación, no me presenté. Te dejo mi tarjeta, estoy a la orden. —Besó la mano de Jessica y se retiró del bar.

Ella quedó impresionada, guardó la tarjeta en su bolso, me sonrió tomando su bebida y encogiéndose de hombros. No pude contenerme y le pregunté:

—Yo pensé que Mario y tú...

—Luna, Mario es tierno, dulce, un buen chico, pero realmente no podría darme los gustos que yo quiero, la realidad es que estoy harta de ahorrar para poder comprarme los zapatos o las carteras que deseo. Sueño con el día en que ya no tenga que subir todas las escaleras que quedan de camino a mi casa.

Quedé impresionada con su respuesta. Nos habían enseñado que debemos ser como los estereotipos que se vendían en las redes sociales, quizás con una vida sin problemas económicos, con viajes a lugares increíbles. Lo que escondían estas publicaciones era el esfuerzo y trabajo que algunos hacen o las decisiones que toman para tener la vida que sueñan.

Lo que nos diferencia de los otros es cómo reaccionamos ante lo que nos sucede.

Sobreviviendo

Emil

Lo más aterrador de la vida no es morirse, lo que acobarda a todos los seres humanos es ser olvidados, borrados de los corazones de las personas que nos conocieron en vida, esas que nos mantienen vivos en sus recuerdos. En la cárcel, constantemente, te sientes en el olvido, al pasar los días se van evaporando los recuerdos y la fotografía de tu memoria se van desvaneciendo, el corazón empieza a sentirse sólido como una roca y aunque tú no quieras, tus sentimientos empiezan a congelarse, a través de tu mirada se puede ver lo perdida que está tu alma.

Llevaba dos días sin comer, vagando en el mismo sitio. Le había dado aproximadamente unas veinte vueltas al centro penitenciario, aún no aceptaba mi nueva realidad. Una parte de mí, me hacía creer que solo era un mal sueño, pero el sonido de los intestinos recordándome el hambre que sentía me llevaban a caer en cuenta de la nueva película que era mi vida.

Estaba en el campo de fútbol, era el único lugar de aquel infierno donde conseguía un poco de paz. De la nada, como un fantasma que aparece sigiloso y de las sombras, se me acercó un lucero.

—¿Cómo vas, convivito? —dijo mientras encendía un cigarro.

—Todo bien, el mío —le contesté de forma escéptica.

—¿Emil es que te llamas tú? —enfatizó al soltar un bocanada de aire—. Yo soy César. Fabián me ha llamado preguntando por tí, está preocupado.

—¿Preocupado? —pregunté de forma irónica—. Después de que me metió en este problema.

—Te voy a dar un consejo, porque no pareces un mal tipo y se te nota que no le llevas ritmo a la velocidad —susurró—. Deja esa rabia para la calle, estás preso. Te recibió el pran, por eso los carroñeros te dejan dormir en el campo, pero si eres uno de nosotros tienes que comportarte como un tipo serio y dejar el capricho de niño. Fabián está llamando para ayudarte, tú estás solo afuera y aquí adentro y no eres el único que lo sabe.

—No son caprichos, estoy pensando qué puedo hacer para sobrevivir —alegué.

—Vamos para que comas algo y hables con Fabián —propuso tirando al piso la colilla del cigarro y apagándola con el pie.

—César, no quiero hablar por ahora con Fabián, pero si de verdad me quieres ayudar, enséñame la rutina.

—Yo le debo un favor a Fabián, te voy a enseñar a caminar, pero tienes que tener claro que aquí todos tenemos que matar para comer y no te la pases con güevones, porque lo único que aprenderás son güevonadas, si te juntas con los que son, aprendes a caminar con pie de plomo —me dijo, mientras me miraba de pies a cabeza.

Sus palabras me hicieron recordar a Isabel y su consejo: «Emil dime con quién andas y te diré quién eres». La mente me recordaba que esta era una prueba donde debía superar nuevas lecciones y que los consejos de mi abuela estaban presentes en esta realidad, con otra connotación, pero el mismo mensaje.

Caminamos a la torre donde se encontraba Homelito y los luceros jugando en una mesa de billar, nos saludaron al vernos. César se acercó a ellos en busca de la aprobación, lo que se conocía como «la original» y, así con la aprobación del pran, poder regalarme un plato de comida, ya que en la cárcel no se puede regalar nada, este acto se malinterpreta como estar sobornando a otro reo para que te guarde algún secreto.

Cesar me ofreció trabajo en su negocio, él prestaba dinero con la original del pran y yo me convertí en su gestor de cobro, de esta manera, generaba un ingreso para comer y pagar mis gastos. Con el pasar de los meses hicimos una amistad, aprendiendo que el concepto de la misma está muy alejado de estar juntos todo el día, éramos amigos, pero cada uno andaba solo, en ocasiones, compartimos en las fiestas o en algunos momentos de la rutina diaria. Él me daba muchos consejos. Llevaba diez años preso y su condena era de treinta años, era un tipo serio que se sabía conducir y se cuidaba de la velocidad.

Aprendí a no tener deudas, porque las deudas se pagan y si quieres ser más vivo, se cobran con tu vida, Cesar siempre decía: aquí adentro venden hasta la piedra y era cierto, los jóvenes artesanos recogían las piedras, las tallaban y pintaban para luego venderlas y así revolucionaban. En la cárcel sobrevive el que quiere salir adelante y reconoce que la suerte para triunfar en la vida se llama creer en ti y esforzarte por lo que quieres conseguir. No hay muchas opciones.

Como gestor de cobro, me pagaban bien, pero no solo cobraba dinero, en muchas ocasiones, debía hacer el trabajo sucio, algunos reos solicitaban préstamos para vicios de drogas o apuestas y cuando no podían pagar, empezaban los castigos: primero un susto con los luceros, luego un castigo apresado en la iglesia, si no pagabas en el plazo otorgado, se autorizaba a darle tiros en las piernas y, por último, en un abrir y cerrar de ojo, una deuda le quitaba la vida.

Ahorré algo de dinero como gestor de cobros y solicité la original para comprar un congelador y vender agua, jugos y empezar a producir cócteles andinos y, de esa forma, empezar a revolucionar en mi propio negocio, pero, de otra manera, que no me obligara a dañar a otro que fallaba a su compromiso. La amistad con César no solo me enseñó la rutina, me enseñó a vivir la vida con más cautela, sin vicios de juegos o adicciones y lo más importante: aceptar que la mejor compañía que tendría en ese lugar, era la de la soledad.

Convierte la desventaja que te tocó vivir,
en la ventaja para intentar continuar.

Sorpresas

Luna

Durante todo el día, el jefe tuvo un humor inmejorable. La jornada continuó de forma habitual, al menos para los empleados de los otros departamentos que no notaban el ambiente cargado de electricidad. María Fernanda, como todos los días, se quejaba del trabajo. Diego siempre bromeaba diciendo que ella era la preferida del señor Gastón, el director y accionista mayoritario de la compañía. Un hombre cincuentón que mostraba bastante aprecio por ella, sin embargo, este comentario no pasaba de ser solo un mal chiste de compañero.

La jornada laboral estaba a punto de terminar, Jessica recogía sus cosas y Diego apagaba su computadora cuando mi sonrisa se convirtió en lágrimas y corredera tras recibir la llamada de Vanessa, que lo cambiaría todo.

—Nena, se metieron a la casa y se llevaron a Sebastián y a Alex —me dijo y se escucuchaba bastante alterada.

—¿Quién se los llevó? No entiendo.

—La policía.

—No puede ser. ¿Por qué?

—Alex estaba vendiendo drogas en el edificio y parece que alguien lo denunció.

—No puede ser. ¿De qué estás hablando? ¿Sebas no estaba en su trabajo?

—Sebastián tenía el turno de la noche, fueron por Alex, pero la policía se los llevó a los dos. Luna, de verdad no sabía lo que estaba pasando.

—¿Dónde los tienen?

—En el CICPC de Parque Carabobo.

—Nos vemos allá.

Me quedé paralizada, en shock. La angustia de tener un familiar preso no la cubría el maquillaje. La zozobra y el dolor no se tapaban con nada.

Cuando llegamos al módulo policial, no estaban allí, según los funcionarios. Esperamos hasta las once de la noche y no llegaron. No logramos localizarlos ese día. La policía nos informó que debíamos retirarnos. Sin saber qué más hacer o a dónde ir, fuimos a casa a esperar que amaneciera.

Al día siguiente, llegamos a las siete de la mañana, nos dijeron que los tenían en el Palacio de Justicia. Era angustiante estar de un lado a otro, era como ir a ciegas. En los tribunales, les realizaron una audiencia preliminar, con abogados designados por el Estado. La sentencia dictaminó cuarenta y cinco días de investigación, a pesar de que Alex se había declarado culpable diciendo que Sebastián no tenía conocimiento de esto, que solo era quien le alquilaba la habitación. Pero eso no fue suficiente para librarlo de esa agonía.

Durante el proceso de investigación, Sebastián sería trasladado a Yare y Alex a El Rodeo, los penales más peligrosos de Venezuela. Yo no entendía nada, solo lloraba. La angustia del momento solo me decía que nada en nuestras vidas volvería a ser como antes. Hasta este día, la posibilidad de vivir en un escenario así no pasaba por mi mente.

El lugar en el que todas tus pesadillas
se hacen realidad.

El mundo perdido

Luna

La primera vez que tuve que ir a visitar a Sebastián, agarré un taxi a las cuatro de la mañana hasta el terminal de Nuevo Circo, ubiqué la parada y subí a la primera camioneta para el centro penitenciario de Yare. Llegué alrededor de las seis. La fila era larga, quedé en el bloque de las terceras para ingresar, muchas de las mujeres que estaban allí habían dormido en la entrada del penal, otras llegaban y se colocaban adelante sin mucho que hablar.

Asombrada por el ambiente, con cada músculo de mi cara hacía un esfuerzo sobrehumano para no llorar, las manos me sudaban frío, el miedo a lo desconocido y la falta de experiencia hacían todo más difícil. Me aferraba con desesperación al amor por mi hermano, quien dependía de mi ayuda. En ese momento, era necesario el coraje que no tenía para poder solucionar esa situación. A pesar de que nunca había sido muy religiosa, ese día solo pedía a Dios conseguir con vida a mi hermano.

El sol era inclemente y empezaba a sofocarme cada vez más. La sombra era escasa, solo había a pocos metros de la entrada una gran jaula verde con techo de zinc y paredes de telas metálicas. El largo viaje restringía la elección de quedarse o de irse. Había mujeres de todas las edades y estereotipos físicos, se plantaban firme, no había mucho nexo entre ellas, excepto una cosa: algún familiar preso.

Las mujeres que acudían a la visita llegaban por grupos. Sus vestimentas exageradamente arregladas no coincidían ni con el lugar ni con los carros viejos que las llevaban hasta ese infierno. Algunas me miraban como un bicho raro, pero eso era lo que menos me importaba. Yo no quería hablar, lo único que quería era salir corriendo. No saber qué había detrás del portón, me estaba matando. El temor, la tristeza, la cobardía y la rabia se habían apoderado de mí en la larga espera para cruzar la delgada línea que separaba el mundo que yo conocía y el que estaba por conocer. Un mundo que sucumbía en el olvido de la mayor parte de la sociedad.

Al cerrar la puerta del cuarto de requisa, me desnudé frente a tres guardias, quienes en ningún momento me tocaron, pero sentía que tocaban mi alma.

—Ahora quiero que se quiten el pantalón, los zapatos con las medias, se levantan la camisa y voltean el sostén, se bajan las pantaletas y me hacen tres sentadillas rapidito —dijo la guardia.

Le pasé el pantalón a una de las oficiales. Tenía guantes, se aseguraban de que no llevara nada que no fuera permitido. Las mujeres que entraron conmigo cumplieron con el protocolo de seguridad en menos de tres minutos, al parecer, la costumbre les había hecho perder el pudor de desnudarse frente a los demás.

Al terminar la requisa, abrieron mi bolso para ver qué llevaba y para revisar la comida. La revolvieron y la hicieron un mazacote. Caminé aproximadamente tres cuadras para una última revisión y luego pasé a la puerta de entrada donde me quitaron la identificación y me dieron un ticket de entrada.

Me tapé el rostro con las manos para ocultar la lágrima que corría por mi mejilla. Me recibió un reo con una pistola inmensa. Mi hermano estaba preso en medio de un mamotreto de bloques llenos de agujeros causados por impactos de balas, con un olor horrible, bajo normas, códigos y leyes que apenas alcancé a oír mientras hacía la fila para entrar. «No se trae comida así», «no se viste así», «no puedes hacer esto», «no, no», bajo condiciones infrahumanas buscando la forma de sobrevivir.

Al entrar, lo primero que podías encontrar eran cubículos construidos con bolsas de basura, sábanas viejas y personas hurgando el piso con la mirada. No me fijé demasiado en los hombres armados, no sabía cómo era ese mundo y no quise levantar ninguna sospecha. La música con volumen alto estaba presente en todas partes; en el exterior, dos altavoces gigantes; en los pisos, cada uno tenía su equipo. Sonaba la salsa de Willie Colón «Oh, qué será».

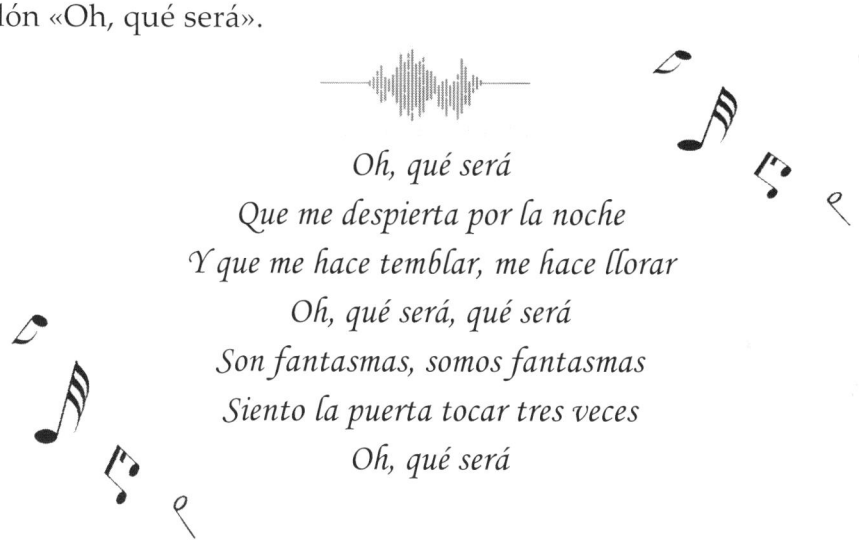

Oh, qué será
Que me despierta por la noche
Y que me hace temblar, me hace llorar
Oh, qué será, qué será
Son fantasmas, somos fantasmas
Siento la puerta tocar tres veces
Oh, qué será

Tuve que buscarlo por los edificios conocidos como "pabellones". Tras ir a la torre administrativa y subir con mucho cuidado unas escaleras que no tenían casi peldaños y que, en algunas partes, se estaban cayendo. Un paso en falso y caería hasta planta baja en un solo tirón. Al entrar en el cuarto piso, vi a Sebas, estaba sentado en las escaleras. Me partió el alma verlo allí. Sebas me sujetó de la mano y no necesitó decir nada para que yo entendiera que estaba avergonzado. Suspiró a fondo, tomó el bolso y me guio por un pasillo hasta donde estaba su celda, conocida como su «buguis». Cuando cerramos la puerta, rompimos en llanto.

—Perdóname, perdóname por tener que hacerte venir a este lugar —fue lo que me dijo.

—Tranquilo, Sebas, voy a hacer lo que sea para sacarte de aquí, ¿está bien?

—No es tan fácil, mi niña, me acusan de vender drogas con Alex —dijo—, estoy en este piso porque Vanessa habló con un vecino de su viejo barrio y aquí me recibió un lucero. No sé qué sería de mí si ese pana no estuviera aquí. Estaría con los carroñeros o con los brujas, no lo sé.

—¿Los carroñeros? —pregunté.

—Sí. Los carroñeros son llevados a una fosa hasta ver qué pasa, no conocen a nadie, no saben cómo moverse en este lugar ni dónde dormir, nada.

—Voy a buscar un abogado.

—De aquí no voy a salir más, esto es peor de lo que cuentan, es como estar en el infierno.

—¿Por qué tienes las manos rotas, Sebas?

—Cuando la policía nos sacó de la casa, nos pusieron las esposas lo más apretadas que podían. Nos subieron en la patrulla con capuchas en la cabeza y cuando por fin pude ver, estaba en un calabozo. Estando allí, me colgaron por las esposas y el peso de mi cuerpo casi me parte las muñecas. Luego nos envolvieron en unas colchonetas y comenzaron a darnos con un bate. Esto es el infierno, Luna y no sé si el diablo son los guardias o los reos.

—Pero, Sebas, no entiendo nada. ¿Por qué te hicieron todo eso? —pregunté, confundida.

—Querían que les dijera dónde estaba un tipo apodado «el papi». No tengo idea de quién es —dijo con una tos seca.

—Estás resfriado.

—No estoy resfriado, esto también es obra de ellos. Querían que les diera información o que asumiera la culpa y como me negué, buscaron una bolsa de basura, le pusieron insecticida y con eso comenzaron a asfixiarme.

—Son unos hijos de puta —exclamé con rabia—. Tenemos que denunciarlos —sentencié y no podía con la impotencia que estaba sintiendo.

—Hermana, eso no importa, el sistema tiene sus mañas. Para la golpiza que me dieron con el bate, solo tengo algunos morados. Lo importante ahora es que te cuides, múdate, habla con Vane y salgan de allí. No estén solas. Supuestamente yo estaré aquí un mes y quince días, según la investigación, pero ese tiempo puede ser irreal y podría pasar mucho más.

Se acostó sobre mis piernas como un niño sollozando, podía sentir su miedo, no era necesario que lo dijera. Aquel lugar estaba muy lejos de ser lo que alguien puede alcanzar a imaginar.

Le dejé las cosas que le había llevado de aseo personal, un poco de ropa y algo de dinero. En ese lugar, todo se pagaba, absolutamente todo. Cuando llegó la hora de salida de la visita, Sebas me acompañó.

En la entrada de la torre, pude fijarme en un preso que no encajaba en aquel sitio tan siniestro: era Emil. No podía creer lo que estaba viendo y el asombro de reencontrarlo no me dejó hacerle la pregunta inicial: «¿Por qué estás aquí?».

En la cárcel, los códigos de conducta eran diferentes y Emil, a pesar de que me reconoció, no habría podido acercarse a mí; hacerlo, le hubiese costado muy caro. Y aunque quería con todas mis fuerzas devolverme para abrazarlo ya era tarde, los caminos de nuestras vidas ya estaban marcados.

Los amantes miraron el camino.
Comprendieron que sería difícil su andar,
pero continuaron juntos seduciendo la expectativa
y consquistando su realidad.

Atrapada

Luna

Partí dejando una parte de mi corazón encerrado en ese lugar: Mi compañero de vida, mi héroe, mi hermano. Mi mente también la ocupó el inesperado y fugáz encuentro con Emil. Todo se sintió muy extraño, fue como estar en dos mundos diferentes el mismo día. Sentía rabia, impotencia, estaba llorando dentro de la oscuridad. Podría haberle dicho algo, podría haberle dado un abrazo o pedirle una explicación... «podría»... palabra que resume cosas que quizá deberían haber sucedido y no ocurrieron.

Mi cabeza no paraba de pensar en ese encuentro tan efímero. Me sentía aturdida. Drásticamente, todo cambió. Allí estaba yo, en un bus, en un pueblo que nunca había pisado, en medio de tantas mujeres, iba como un fantasma que no es capaz de apreciar las conversaciones a su alrededor o la música, sorprendida conmigo misma de haber llegado hasta allí. Bajé al infierno, pero no se quedó en Yare, iba en mi cabeza.

Al llegar a casa, lo primero que hice fue ir a mi cuarto. La policía había revuelto todas mis cosas, no entendí qué estarían buscando, pero el abuso policial era así, no respetaban la vida humana, no existían inocentes, no había derecho a la duda, llegaban como huracanes llevándose todo a su paso, y después, si tenías un poco de suerte, habría tiempo para las preguntas.

Desde mi posición, podía pensar que probablemente los funcionarios estaban realizando su trabajo, pero la realidad es que, en muchos otros casos, solo utilizaban cortinas de humo para ocultar fechorías mayores. Me encontraba sumergida en mis pensamientos cuando de pronto escuché la puerta abrirse. Me puse nerviosa al recordar la advertencia de Sebas. Salí evitando hacer ruido y cuando llegué a la sala, me encontré con Vanessa acostada en el sofá viendo hacia el techo.

—¿Estás bien? —Sus ojos se veían hinchados y rojos, supuse que había estado llorando.

—Ese lugar es horrible, Luna —respondió, y pude escuchar su voz quebrarse—. Jamás me imaginé tener que ir a un sitio como ese. No sé cómo pueden tener personas ahí adentro. Ni siquiera entiendo cómo es que sobreviven a esas condiciones. Eso no es vida. —Las lágrimas empezaron a correr por sus mejillas—. Sentí tanto miedo cuando iba entrando. Llegué incluso a pensar que si entraba, era posible que no saliera con vida.

—Lo sé. Entiendo lo que sientes.

—No puedo imaginar lo que está sintiendo Sebas. Él no merece estar ahí. ¿Cómo lo viste? ¿Está bien? —me preguntó, con los ojos inundados de lágrimas.

—Bueno, está en una celda con la persona que conoció por tu vecino. Duerme en el piso, pero hay otras personas en una situación mucho peor, duermen en la basura. Es un lugar tenebroso, se siente reinar la muerte. Afuera, los guardias te hacen la vida imposible con sus prohibiciones. Dicen cosas para hacer sentir mal a los visitantes, pero cuando pasas la última puerta y entras al verdadero lugar, las leyes cambian, los guardias no tienen voz ni poder allí adentro. El control lo tienen los presos.

—Es lo común en las cárceles venezolanas. Alex tiene un oído inflamado por la paliza que le dieron. Según él, no escucha nada de ese lado.

—Sebastián está muy golpeado, tiene las muñecas rotas, pensó que moriría.

—No sé si tenga el valor de ir a verlo. No puedo ni mirarlo a los ojos. Por mi culpa, él está ahí adentro.

—No es tu culpa, Vane.

—Sí, lo es, si yo no estuviera en su vida no conocería a Alex y esto no estaría pasando, Sebastián no es una persona para ese lugar. ¿Te has preguntado cómo esto cambiará su vida? El hombre que tú y yo conocemos probablemente no salga de allí más nunca.
—Sus palabras me hicieron sentir escalofríos.

—No digas eso. Él va a salir pronto de ahí.

—Su situación no se ve bien. Y si tiene que quedarse más tiempo, le va a tocar aprender a ser uno de ellos para poder sobrevivir, aunque nunca haya robado ni matado. Lo que va a ver y a vivir difícilmente saldrá de su cabeza. Cuánta gente entra siendo inocente y quedan atrapadas y, aunque muchas salgan, una parte de ellas muere allá dentro.

Nuestros miedos no evitan la muerte, solo frenan nuestra vida.

Comida para zamuros

Emil

El ambiente aquella noche se sentía tenso y tenebroso, si algo caracterizaba el penal era que nunca estaba en silencio, pero ese día era diferente, se movía algo que no era de Dios, la mayoría de la población estaba en sus buguis, había pocas personas en los pasillos o canchas o como decían los reos: "Había poca gente en la autopista".

Estaba acostado cuando escuché que otro reo tocó la puerta de mi buguies, de forma abrupta, gritando «Emil. Emil.» Su forma exasperada de buscarme me dio mala espina y decidí ocultarme debajo de la cama, lo vi pasar a la habitación con otras dos personas, no logré distinguir sus voces. Afuera se escuchaban gritos, no comprendía lo que estaba sucediendo y empecé a escuchar detonaciones de los fusiles de los guardias mejor conocido como: «la verde».

Cuando se fueron de la habitación, salí cuidadosamente del escondite y entendí que era momento de darle la cara a la vida. En ese instante, la circunstancia me pasaba la factura de caminar entre los grandes, yo era un lucero, mi comportamiento había demostrado que era un tipo serio con un solo rostro y en los años que llevaba en el penal no había tenido problemas con otro, pero ser parte de los líderes o su personal de confianza tenía sus consecuencias.

En ocasiones, el carro del sector de los talleres o la población, intentaban hacer cambios de gobiernos que consistían en matar al pran y a los luceros de su carro y, de esta forma, tomar el control del penal convirtiéndose en el pran. A pesar de las enseñanzas de la cárcel, seguíamos siendo hombres mortales y, en este mundo, alcanzar el poder, ser el líder de todos, era una ambición que cegaba a muchos.

—Emil, ¿estás allí?, se prendió una luz con los talleres —gritó César en la puerta de la habitación.

—Sí, el mío —respondí saliendo de la habitación—. ¿Qué fue lo que pasó?

—Hay un cambio de gobierno —afirmó mientras sacaba un arma de su espalda—. Toma, es hora darle la cara a la vida, vamos, Homelito nos necesita.

Fue confuso estar en ese lugar y sentirte seguro de lo que estabas viviendo, se escuchaban disparos de todos lados, la verde nos disparaban con sus fusiles, los luceros de los talleres nos disparaban, todos accionaban la pistola en busca de sobrevivencia disparando hacia los enemigos. En mi mente, recitaba oraciones a Dios, pidiendo salir con vida de esa situación, todo sucede muy rápido, quise correr, pero no pude, no era una opción a pesar de sentirme aterrado.

Caminaba con César, intentando cubrirnos las espaldas cuando una bala de fusil lo alcanzó en la cara y su sangre salpicó la mía, cayó al piso cuando lo agarré.

—Causa, no me quiero morir —decía mientras convulsionaba por el impacto.

—César —exclame—. Que Dios le de la libertad a tu alma, causa —dije, al tiempo que lo sostenía con fuerza.

Alcancé a ver al principal de los talleres con un fusil y comprendí que la muerte de César no había sido una bala perdida de la verde, venía del fusil de él. Lo dejé en el piso, agarré su pistola y disparé con ambas armas, con odio, dolor y rabia fijé mi objetivo y un disparo le atravesó el corazón, luego apunte a su cara, caminé hacia él y le descargué las dos glock.

Cuando recibes golpes de la vida como estos, comprendes que no todo lo que suceda te va a vencer y, en ese lugar, es difícil que cicatrices nuevas te hagan perder la convicción, el motín dejó un saldo de cincuenta muertos de ambos pabellones entre población y luceros.

Habían quedado cinco presos vivos involucrados en el motín, el pran ordenó reunir a la población en el patio. Los luceros del carro trajeron a los hombres desnudos y amarrados y Homelito los degolló uno a uno frente al resto de la población, cuando terminó ordenó picarlos y dejarlos en bolsas de basura en la fosa como comida para zamuros.

Yo sentía mucha molestia, no quería pensar en todo lo que había pasado, el silencio fue inminente, todos teníamos la mirada puesta sobre la escena. Cuando Homelito terminó de limpiar sus manos, me invitó a caminar.

—Eres un tipo serio, de un solo rostro —comentó al tiempo que encendía un cigarro—. Yo también siento la pérdida del convive César. No vivió para contarlo.

—Es parte de vivir aquí, perder la vida en milésimas de segundo —puntualicé, mirando al cielo.

—Si, Emil, solo los que estamos aquí adentro, conocemos el peligro en el cual vivimos minuto a minuto, cuando escucho a los jóvenes decir que quieren ser malandros, deseo tener el poder de mostrarles a través de mis ojos la realidad de la vida y lo equivocados que están —afirmó aspirando el cigarro.

—Todos los seres humanos, en algún momento de nuestra vida, creemos que nos las sabemos todas, pero tarde o temprano descubrimos que no sabemos nada —dije apoyando su idea.

—No es eso Emil, lo que nos cuesta es aprender a escuchar. Porque todo lo que nos dicen aquí, alguna persona intentó enseñarnos afuera. ¿Sabes? Cuando yo caí preso, me inculparon por cosas que no había hecho, yo amaba mi barrio, me la tiraba del más *pintao*, y me gané el respeto, robaba a los que tenían mucho dinero y les daba a los míos, a los que muchas noches se acuestan sin comer, a los niños que veía buscando en la basura, los ayudaba porque quería el bien para todos y los protegía, ningún maleante de otro lugar, se atrevía hacer lo malo en mi territorio.

Cuando yo necesité de esa gente, todos me dieron la espalda, la asociación de vecinos, la comunidad, los amigos, todos. Mi vieja, que en paz descanse, recogía firmas para ayudarme a salir, la gente le decían: no, uno no puede estar firmando cosas así, si lo meten en problema a uno, yo tengo tal problema, luego me van a estar interrogando. Todas las excusas posibles, cuando a más de uno le salvé la vida. Por eso, desde el momento que uno cae preso, pierde todo tipo de sentimiento, uno de aquí sale frío, seco, con otra forma de pensar, esto es un cambio de ciento ochenta grados en tu vida.

Solo es libre el que es lo que debe ser.
Y no lo que pretende ser para creerse feliz.

La caja de pandora

Luna

Los días siguientes transcurrieron con normalidad a pesar de que estaba teniendo una semana de locos en el trabajo. En el cierre de mes, había que registrar todos los gastos para que nada quedara por fuera. Me sentía agotada, los ojos se me cerraban, me tomaba varios cafés, pero no hacían efecto. Después de la mudanza apresurada y los desvelos por preocupación, mis días eran un caos.

Nos mudamos a un apartamento en la avenida Lecuna, el cual quedaba bastante lejos de donde vivíamos y muy cerca del terminal. Esa semana buscamos un abogado, el Dr. Boada. Le consultamos el caso, y nos informó que había que preparar la defensa para la audiencia que sería en un mes. Si la juez aceptaba la declaración de Alex junto con las pruebas de que Sebastián no estaba involucrado en el caso, mi hermano podría salir. Para Alex, el panorama era diferente, probablemente iba a recibir una sentencia de seis a ocho años.

No quise comentar nada en la oficina, me daba miedo que me despidieran y decidí mantenerlo en secreto. En ese momento, no podía manejar la situación de que se hicieran comentarios a mis espaldas, la gente saca conclusiones sobre asuntos que desconoce y, aunque mi hermano era inocente, no todos podían verlo así. No podía exponerme.

El jueves, Jessica me invitó al centro comercial El Recreo, quería comprar algo para la cita que tendría al día siguiente con Arturo, el señor del bar.

—Es sorprendente que le escribieras —dije sonriendo.

—Él me dio su tarjeta con esa intención, Luna, es obvio que deseaba que lo contactara.

—Claro, ¿y qué sabes de él?

—Lo necesario —respondió con picardía.

—¡Guao!, bueno, el amor no tiene edad.

—Es muy pronto para hablar de eso, amiga, solo iremos a comer en algún lugar rico y hablar.

—Está bien, no voy a decir nada más de tu abuelo —bromeé.

—Luna, ¿tú tienes novio?, ¿dejaste algún enamorado allá en Mérida? —me preguntó.

No pude evitar que Emil llegara a mi mente y que ya sabía donde estaba.

—No tengo novio y no dejé a nadie, solo tengo un amigo que se fue de viaje y con el que es posible que algún día me vuelva a encontrar.

—¿Amigo? ¡Ay, Luna, por favor! Amigo el ratón del queso... y se lo come —dijo, burlándose.

No puedo negar que a Emil siempre lo vi como algo más que un amigo. Él representaba muchas cosas para mí, pero no todos somos tan valientes como Jessica y a mí eso de arriesgar sin saber si voy a ganar o perder, no se me da del todo bien.

Todo lo que sale del corazón, vale el intento.

El momento de la aurora

Luna

El sábado, a las tres de la mañana, estaba acomodando las cosas que le llevaría a Sebastián: Comida, productos de aseo personal y medicinas para que armara su botiquín y un poco de ropa limpia. Vanessa no podía visitar a Alex, así que le mandó un poco de dinero. Mientras preparaba la maleta, millones de emociones invadían mi cuerpo, sentía tristeza por tener que ir a ese lugar en donde jamás imaginé que visitaría a mi hermano, pero la alegría también se hacía espacio y no puedo negar que Emil tenía mucho que ver. Me gustaba la idea de volver a verlo, sin importar el lugar y sin saber si acercarme a él, le traería problemas a Sebas.

Ante la presencia de una novata como yo, las mujeres se complacían en explicar sus experiencias. Algunas vividas por ellas mismas y otras solo eran historias contadas, pero ninguna podía asegurar que fueran reales. Escucharlas me ponía más nerviosa de lo que ya estaba, sobre todo, los relatos de una señora canosa de unos cincuenta años:

—Estuve como rehén durante once días por un motín. Una mujer y su hija murieron por la explosión de una granada. La reacción de los presos fue capturar a uno de los autores y picarlo en pedacitos. Está el caso de «las falsas». A mí no me ha pasado, porque vengo a ver a mi hijo, pero hay mujeres que llegan y consiguen al marido con una amante, aquí se les dice «las falsas», entonces hay peleas y gritos. Los hombres les pegan a sus mujeres y nadie se mete; solo si se come la luz y le saca «melaza», así le dicen a la sangre.

Cuando pasé todas las revisiones, cerca de las diez de la mañana, me volvió el alma al cuerpo cuando vi a mi hermano en la entrada. Inmediatamente, le di un beso y lo abracé, caminamos juntos cerca de los puestos de artesanía en los que los presos exponían sus trabajos: Muebles en miniatura hechos con latas, cajas con forma de corazón decoradas con flores trabajadas con papel de baño y forradas del mismo material.

Al llegar a su piso, dejamos las cosas en el lugar donde dormía y fuimos al final del pasillo, había una mesa con dos sillas al lado de una ventana que daba a la garita de vigilancia de los guardias nacionales. Nos sentamos a desayunar, pero cada bocado de la arepa que me estaba comiendo, me pasaba con un sabor amargo cada vez que pensaba que tenía que dejar a mi hermano ahí otra vez.

—¿Cómo has estado? —me preguntó.

—Bien, con mucho trabajo. ¿Tú cómo has estado?

—Aprendiendo la nueva rutina, intentando pensar qué puedo hacer para ganar algo de dinero o «revolucionar», como dicen aquí. Tú sabes que en este lugar todo tiene un precio.

—Eso me preocupa. No quiero que te pase nada.

—Y yo no quiero que te preocupes. Sé cuidarme y no me va a pasar nada —me dijo, sosteniendo mi mano—. ¿Y Vanessa? ¿Cómo está ella?

—Ella está bien, pero se siente culpable. Cree que si no la hubieses conocido, no estarías aquí adentro.

—¿Por eso no quiere venir?

—Supongo.

Sus ojos reflejaban la tristeza que estaba sintiendo, pero Sebas nunca fue de exteriorizar lo que sentía.

—Sebas, quiero preguntarte algo.

—Sé lo que vas a preguntar y te voy a pedir que te mantengas lejos de él, es peligroso —me dijo antes de que pudiera hacerle la pregunta sobre Emil.

—¿De qué estás hablando?

—Hazme caso, Luna. Nunca te he pedido nada, pero esta vez es necesario. Mantente alejada de Emil, por tu bien y por el mío.

—Pero...

—Luna, el Emil que conocías ya no existe.

—¿De qué hablas? No entiendo —dije interrumpiéndolo.

—Escúchame, hermana, no tienes que entender nada, solo no te acerques. Y, aunque él quisiera, no puede acercarse a ti tampoco. Tú eres mi visita y él no puede verte ni por error, son códigos que se deben respetar aquí. Te estoy pidiendo que lo olvides y que no nos causes problemas.

No lograba entender de qué hablaba Sebastián, ¿cuáles códigos y por qué era tan peligroso Emil?. Si te dicen que te alejes, más quieres acercarte; así somos los seres humanos. Sebas me habló con demasiada seriedad y aunque siempre estuve consciente de que la gente con el tiempo cambia, el hecho de que se tratara de Emil, hacía que me resultara más difícil obedecer a la petición de mi hermano. ¿Qué tanto puede cambiar una persona en un lugar como ese? Yo empecé a querer encontrar la respuesta a esa pregunta, lo que no sabía era que debemos tener cuidado con las preguntas que le hacemos al universo, porque muchas veces, las respuestas pueden ser mortales.

Te regalo mi locura.

Algo bueno o algo malo

Luna

—¡Buenos días! —dije, en medio de un bostezo.
—Hola, cuñis, buen día. Aquí hay café —respondí, señalando un vaso térmico.
—¿A dónde vas? —le pregunté porque me dio curiosidad verla vestida tan temprano—. Son las cuatro de la mañana.
—Voy a visitar a Sebastián.
—¿Hoy? Es miércoles.
—Sí, los miércoles son de visita conyugal y los sábados tengo que visitar a Alex, ¿tú irás a verlo? —me preguntó.
—Vane, sé que es tu familia, pero eso no quita que por su culpa mi hermano está en ese lugar. Así que no, no creo que vaya a verlo —fui sincera
—Te entiendo. Él se siente mal por todo lo que está pasando. No lo voy a defender ni excusar, pero Alex no es mala persona.
—Lo sé, es solo que, en estos momentos, no tengo nada bueno que decirle. Lo que más me importa es que mi hermano salga lo más pronto posible y, claro, deseo lo mismo para él.
—Tranquila, no pasa nada. Yo te entiendo, en serio.
Regresé a mi habitación, tomé el celular y empecé a ver Instagram para matar el rato. A las seis, decidí tomar un breve baño, me puse unos jeans rasgados con un suéter azul, sandalias de tacón y recogí mi cabello para terminar con el atuendo.

Al salir, me topé con varios niños caminando de la mano de sus padres al colegio, otras personas iban aceleradas, algunas con su celular sin la noción del tiempo para iniciar el día. Durante este último mes, llegué a la conclusión de que no le contaría a mamá nada de lo que estaba pasando con Sebas, no consideré necesario preocuparla. La audiencia sería en dos semanas y lo que estaba pasando solo era una mala jugada del destino.

Cuando iba en el autobús de Boleíta Sur, me percaté de que había un chico que no dejaba de mirarme. Su mirada era tan intensa que podía sentirla, aunque no lo estuviera viendo. Su rostro se me hacía familiar, pero no estaba segura de si lo conocía o no. Lo vi pararse de su asiento y caminar hacia mí, ya que el puesto de al lado se encontraba vacío.

—¿Puedo sentarme? —me preguntó

—Sí, claro. No hay problema. Usted está pagando por un asiento y yo solo pagué uno también —expresé, nerviosa.

—¿Usted? ¿Qué edad crees que tengo? Me haces sentir como un señor —exclamó, sonriendo, mientras tomaba asiento.

—¡Ah! no, perdón. Es la costumbre. Así me refiero a las personas cuando no las conozco.

—Entonces, solucionemos esa parte. Me llamo Francisco y ahora ya me conoces —dijo, extendiendo su mano hacia mí.

—Yo soy luna. —Apreté su mano.

Me sujetó la mano por un largo rato, el suficiente como para lograr ponerme nerviosa y no era porque fuera el hombre más guapo o estuviera cerca de serlo, porque de hecho, su físico era bastante normal, pero había algo en él que lograba llamarme la atención, aunque no podía difinir qué era.

—Yo también voy a Aerocav —dijo, separando su mano de la mía, con cierto nerviosismo.

—¿En serio? —pregunté sorprendida.

—Sí, trabajo en el Departamento de Atención al Cliente, nos hemos cruzado un par de veces en el comedor y, usualmente, en este camino.

—Claro. Con razón tu rostro me parecía familiar.

—Sí, bueno, tengo un rostro común y nada memorable, a diferencia del tuyo que sería muy difícil de olvidar —me dijo y no sé por qué, pero sentí cómo me ruboricé de inmediato.

No supe qué decir a eso. No estaba acostumbrada a recibir piropos de forma tan directa.

—¿Quieres quedar a las cinco y así nos acompañamos en el viaje de regreso? —preguntó cuando estábamos llegando a nuestro destino.

Permanecí en silencio pensando en que detestaba no poder hablar con libertad de mi vida; de todo lo que había pasado con Sebastián, encontrar a Emil... Evitaba largas conversaciones con mis compañeros de trabajo por temor al juicio. Sin embargo, Francisco tenía un aura que me transmitía paz y confianza, lo que era muy extraño, porque no lo conocía.

—Si no quieres, no hay ningún problema —continuó y me dedicó una sonrisa, mientras me sacaba de mis pensamientos.

—No lo hay, tranquilo, nos vemos a la salida.

El día transcurrió con total normalidad, algunas horas de trabajo y papeleo, en el almuerzo un poco de pokér y actividades que me ayudaron a despejar la mente. Al salir, Francisco me esperaba en la recepción.

—¿Nos vamos? —dije al acercarme, él asintió y nos dirigimos a la salida.

—¿Cómo estuvo tu día? —me preguntó.

—Bastante normal.

—¿Te gustaría ir a comer algo? —preguntó.

—Vale, está bien, tengo hambre —dije sonriendo.

Caminamos desde la avenida Río de Janeiro hasta el Unicentro El Marqués. Recordé los interminables paseos por la hacienda de mis padres con Emil. Todo empezó allí. «Qué diferente sería ahora mi vida si no se hubiese ido», pensé.

Llegamos, subimos a la terraza y entramos a un restaurante de comida china. Al sentarnos en la mesa, nos trajeron el menú con una cesta de pan chino que colocaron en el centro.

—¡Qué bueno se ve! —exclamé.

—Aquí hacen el mejor arroz frito que me he comido en la vida —me dijo mientras jugaba con el brazalete plateado que llevaba puesto.

—Entonces, no se diga más, comeré este famoso arroz del que hablas tan bien —expresé sonriendo mientras cerraba el menú.

—¿De qué parte eres?, el acento delata que no eres de la ciudad —me preguntó.

—No, yo vengo de Mérida.

—¡Qué rico! He estado allí de vacaciones. —Parecía admirado.

Quería que le contara cosas de mi vida, así que le conté. Era más fácil recordar lo que era antes mi vida, que lo que estaba viviendo. Le conté cuando me caí de un caballo, cuando descubrí que la yegua de mi papá se llamaba Cherokee, porque él soñaba con una camioneta de esas. Se reía a carcajadas al oír las anécdotas y yo me conectaba con una parte de mí que me reconfortaba.

Al terminar la cena, viajamos en metro, me acompañó a la estación Teatros, le di las gracias y fui a casa sin pensar en más nada, dormí esa noche con una sonrisa y la ilusión de que, luego de la audiencia, mi vida podría volver a normalidad.

Mi alma ya no bebe ansias en el día a día,
cede el paso al sensitivo descanso,
al sosiego de una tarde con el ocaso lejano
a un corazón pausado que se oculta de mi melancolía.

Rutinas

Emil

Corríamos por el prado, rodeados de montañas verdes con nubes coronando la cima, sentía el viento en la cara, las vacas mugían a lo lejos. El cabello de Luna lo movía la brisa y se escuchaba el sonar de un río que parecía de otro mundo. Me detuve frente a ella, dejé de escuchar todo lo que había a nuestro alrededor, aparté el cabello de su cara y la besé como siempre lo había deseado.

Abrí los ojos de forma abrupta para darme cuenta de que había sido solo un sueño. Seguía en el mismo lugar, un cuarto oscuro… Un hueco en la pared tapado con un pedazo de madera que no dejaba entrar la luz. Estaba acostado en una cama sobre bloques de cemento, tablas y un colchón. Al frente, una televisión de doce pulgadas, al lado izquierdo, una silla de plástico, una cortina que separaba el espacio donde podía bañarme y hacer algunas necesidades y una puerta de barrotes de hierro cubierta con sábanas y telas. «Todo sigue igual», pensé.

Estaba cansado, me sentía débil, pero debía continuar. Después de varios años, me seguía preguntando cada día cuándo podría salir, aprendí a usar armas, a no temer si había que dispararle a otro, si alguien se comía la luz o «rompía las reglas», las consecuencias serían graves, según lo que hiciera, el precio era su vida. No era algo que disfrutara, pero no había tiempo para pensarlo, solo saber conducirse. En ocasiones, me preguntaba qué pasaría cuando saliera. Estando en prisión me tocó castigar a muchos y ya no sabía si era mejor para mí estar adentro o salir al mundo exterior; los dos representaban un peligro y la tranquilidad con la que viví alguna vez, se esfumó ese día que me pusieron las esposas y me quitaron la libertad.

El día transcurría con la misma rutina: Levantarme, hacer garita, recoger los teléfonos de la población, vigilar la ronda, estar activo a los movimientos de los otros. Sentarme en la silla de la entrada del piso y dejar que el tiempo pasara. No recibía ninguna llamada y nadie me visitaba, solo fingía que estaba activo. Y así, poco a poco, se me pasaba la vida.

—Epa, Emil, *¿qué e lo que es?* ¿Sabes que uno de los tipos que llegó ayer es culebra mía? —me dijo un lucero.

—*¿Qué e lo que es?* Habla pa' ve.

—El mío, ese loco balaceó a un causa mío en la calle; si es malandro en la pista, tiene que ser malandro aquí también.

—Pero habla, di nombre pa' ve, *qué e lo que es* con ese sujeto.

—El tipo se llama Sucre.

Me levanté y fui hacia el ala derecha de la torre donde estaba la población. Lo que sería un día tranquilo ya tomaba otro rumbo. «Qué peo con esta gente», pensé.

—Sucre, llégate que tienes un beta —dije.

—¿Aquí estás, menor? Habla claro —exclamé mientras me sentaba en la silla sacando mi pistola y dejándola a la vista de todos.

—¿Tú sabes *qué e lo que es*, Sucre? Estás emproblema'o feo. —indicó el Lucero señalando su rostro.

—Yo bruja no soy, y sí, estamos emproblema'os, ese tipo se montó por la yensi y le di plomo —respondió Sucre.

—Bueno, *tas* claro que tienes que entrompar —exclamó el lucero que le discutía manoteando.

—Pero deja que se foguee, tas claro que este menor llegó ayer —intervine para evitar el problema tan inmediato.

—Bueno, nos vemos en el coliseo en dos horas —dijo el lucero.

—¿Qué estás esperando? ¿Que los tipos estén dando la cara por ti?, si te sacan a pelear, ¿qué vas a hacer? —le pregunté a Sucre, con seriedad.

—Yo la llevo con calma.

—Qué calma un coño, menor, rescata esa madera, porque tienes que aprender.

Le enseñé a usar un trozo de madera como arma. El Coliseo era un enfrentamiento al viejo estilo romano. Todos nos sentábamos alrededor y mirábamos. En la cárcel, las peleas no son limpias. Eso de pegarles con los puños era de débiles, de pacos, de policías y casi nunca, vivían para contarlo. Después de dos horas de entrenamiento, Sucre ya estaba cansado, pero la ley es la ley, el honor de un hombre ahí adentro, no se ponía en juego, sino terminabas siendo la perra de todos.

Llegamos al coliseo y el lucero se veía ansioso. Sucre no se había puesto en posición cuando recibió el primer golpe de su contrincante. Los dos estaban dándolo todo en la pelea, pero en el momento en que Sucre cayó al suelo y trató de limpiarse la sangre, no se percató de que Lucero sacó un pedazo de madera afilado y lo apuñaló.

—Bórralo, menor, bórralo, ya se desahogaron —intervine al ver a Sucre sangrando.

Se levantó del suelo, intentando presionar la herida con su mano y me preguntó con la voz un poco quebrada:

—¿Ya me puedo desplazar, entonces?

—¿Tú eres loco, menor? Tienes que estar activo, aunque esto quedó hablado. Preocúpate por curarte esa herida antes de que se infecte —dije, dándole la espalda para salir del coliseo.

Me fui a acostar. Miraba al techo, eran pocas las ocasiones en que me dormía. Intentaba descansar, pero, en la cárcel, no podía dormir plácidamente siempre con el ojo abierto. Me puse a pensar en mi abuela, en lo que estaría haciendo, si estaría sufriendo por mí, si me estaría buscando o si ya me habrían olvidado. Habían pasado varios años pagando esta condena, sin dudarlo, mis recuerdos trajeron aquellos días cuando estaba con Luna, cuando no prestaba atención a los detalles del paisaje, solo a esa hermosa joven que estaba a mi lado, lo único que me ayudaba a olvidar el lugar en el que estaba, era pensar en ella, aferrarme a Dios y volver a ver a mi abuela cuando saliera de esta condena.

Recordaba las cenas de Navidad en la casa de Luna, cuando sus padres, su hermano y ella se reunían alrededor de la mesa para dar gracias por todo lo que tenían; con ellos aprendí el valor de la familia, esa lealtad, el esfuerzo de sus padres por lograr darles lo mejor a sus hijos. Estos pensamientos me llevaron a cuestionarme si el amor existe, porque lo había visto en otros. A veces, me preguntaba si tal vez era selectivo y no estaba al alcance de todos. Unos días después de ver a Luna, decidí escribirle una carta. No era el acto más valiente, pero era la única manera que tenía de acercarme a ella; de confesarle mis sentimientos.

Luna, cuánto quisiera poder ser más valiente y animarme a decirte de frente todo esto que voy a escribir, pero ya me conoces, hablar no se me da muy bien y decir lo que siento, mucho menos. Soñé tantas veces con volver a verte, pero créeme, nunca imaginé que sería bajo estás circunstancias. He soñado con nuestros paseos en la finca de tus padres, tantos detalles que en su momento fueron menos importantes para mí, hoy entre rejas pienso y aun así, no sé por qué, dejé para después lo que la vida me brindaba, como ese momento y el lugar maravilloso. No tengo la más remota idea de a dónde llegaré con esto, solo estoy dejando salir eso que por tantos años he reprimido en mi pecho. No puedo prometerte o pedirte y, menos, ofrecerte nada.

No puedo seguir actuando como si no existieras, como si no supiese que vienes a este lugar, No sé lo que me pasó, no sé si estaba loco o simplemente solo. Lo único que sé es que estaba cansado de ser maltratado y poco apreciado por la sociedad. Al principio, tenía miedo y una parte de mí quería creer que eras simplemente un juego con el que la vida finalmente me sonreía, pero cuando caí en cuenta de la realidad, era tarde... Ya no podía retroceder y esa acción me trajo a este mundo.

Alejarse era más fácil. Todos los que me rodeaban lo único que hacían era juzgarme. Estaba molesto con el mundo, con el sistema, conmigo mismo. Y no, no estoy intentando justificarme, porque hoy estoy pagando las consecuencias de mis decisiones. La ambición me llevó por el camino equivocado y lo perdí todo. Te perdí a ti y me perdí a mí mismo.

Mis días son básicos, aburridos, sin sentido y muchas veces peligrosos. Los miles de hombres que estamos aquí no vamos a corregir nuestros errores, estamos aquí para aceptar las consecuencias y aprender de ellas, aunque no para todos es tarea fácil, a muchos nos cuesta reconocer y aceptar un nuevo modo de andar, de pensar y de sentir. Estando aquí nos lastimamos a nosotros mismos, porque todos sabemos que estamos jodidamente desfigurados. Por eso, somos la escoria del mundo. Afuera de estos barrotes muchos van sin ser conscientes de lo jodidos que están y de lo que dañan a su paso. Hoy me esfuerzo en ser, aunque no lo parezca, una persona más justa y sensata, es lo que puedo hacer por ahora. Por eso quiero ser honesto contigo.

Todo cambió aquel sábado al verte salir de aquí, no sabía que Sebastián estaba encerrado, hasta este momento no me atrevo hablar con él, aquí todo es diferente, solo puedo decirte eso.

Cuando te vi, sentí la conexión que creí olvidada, algo que al principio me hizo sentir incómodo, estúpido e incluso un poco infantil. ¡Estaba emocionado! y me di cuenta de que no podía luchar contra mis sentimientos, no podía seguir ignorando lo que me haces sentir desde el primer día. Traté de convencerme de que no podíamos ser. De que merecías algo mejor y aunque todavía sigo creyendo que es así, no puedo seguir callando el hecho de que te amo y que siempre te he amado. Con esta carta, no te pido que me ames, porque mi amor por ti me permite entender que no tengo nada que ofrecerte, pero esta confesión te la debía a ti y me la debía a mí también.

Emil

Cuando terminé la carta, la doblé en cuatro partes y decidí que era el momento de hablar con Sebastián, así que lo mandé a buscar con uno de los luceros, estábamos en pisos distintos, pero en la misma torre.

Poco después lo recibí en la mesa del final del pasillo. Secó el sudor que corría por su frente, no era para menos, que te buscara un lucero solo representaba problemas. Aunque esto no podría calificarse como un encuentro afectivo, valía la pena conversar con alguien conocido.

—Emil..., tú me dirás para qué soy bueno.

—Puede ser para conversar un poco, no creo que debamos seguir actuando como si no nos conociéramos, somos amigos.

—Claro, ¿Cómo has estado?

—Bien dentro de lo que cabe. Manteniéndome vivo. ¿Qué haces aquí? No encajas en este mundo.

—Cosas de la vida, tengo un causa que vendía drogas y me agarraron con él sin tener nada que ver. ¿Por qué estás aquí?

—Difícil, bueno, por una entrega donde probablemente fui el paquete para que pudiese pasar algo más pesado.

—¿Cuánto llevas aquí?

—No pienso en el tiempo que ha pasado, solo en cumplir la sentencia de ocho años.

—¿Ocho años? Es demasiado tiempo. —Se quedó en silencio unos segundos—. Pero cuéntame, no creo que me hayas llamado solo para saber de mí —me preguntó.

—Vi cuando Luna vino a verte.

—Sí, ella también te vio.

—Nunca me imaginé encontrármela otra vez y mucho menos estando aquí. Le gustaba vivir en el campo. Cuando hablábamos, no me dijo de sus planes de irse a vivir a otra parte. No como tú, que siempre lo tuviste claro.

—Sí, no estaba en sus planes. Todo fue repentino y tiene poco tiempo viviendo aquí. Ni siquiera le permití conocer la ciudad, porque ahora tiene que venir a verme aquí —me dijo y, en su voz pude notar tristeza.

—Ya tendrás tiempo de darle un *tour* por la ciudad. Personas como tú no merecen estar aquí adentro y la justicia jugará a tu favor —dije, con sinceridad.

—Sí, claro. Sobre todo la justicia de este país. La que no merece tocar este sitio es Luna y es por eso que quiero mantenerla lejos de todo esto.

—Te entiendo y respeto si no quieres que me acerque, no te pido que me lo permitas. Aquí es tu visita, eso se respeta y lo sabes, solo me gustaría pedirte un favor al cual si quieres te puedes negar.

—Emil, tú sabes que sea como sea, yo te aprecio. Siempre fuiste como de la familia, pero no puedo permitir que la pongas en peligro. Tu vida es muy diferente ahora y no sé qué le estés diciendo en esa carta, quizás tengas las respuestas que ella desea, pero si darle esta carta la va a mantener alejada, entonces lo pensaré.

—Solo necesito que sepa que lo siento, por favor —insistí, acercando la carta hacia él.

—Lo haré solo porque no le puedo negar la oportunidad a Luna de tener una respuesta a eso que tantas veces se ha preguntado, pero no quiero que te acerques a ella.

—Te lo agradezco, Sebas.

La vida está llena de constantes cambios.
Nunca es tarde para mirarnos y aceptar que somos más que esto.

El humilde encerrado y olvidado

Luna

El día estaba espléndido. Caminé al terminal, un par de mujeres en la parada de buses. A las ocho, se alcanzó el número de pasajeros mínimo para poder salir. Los domingos eran días con menor afluencia de visita, la mayoría de las mujeres que se quedaban a dormir en el penal entraban los sábados.

Me senté en los puestos delanteros cerca de la ventana. Observé los viejos edificios de la avenida Bolívar, los comercios del mercado Techos Rojos no parecían prósperos. Los pasillos se veían oscuros, era otra perspectiva de lunes a sábado. A lo largo de la avenida, las señales de tránsito se veían bastante borrosas a juzgar por la falta de mantenimiento y su antigüedad. Sonaba en la radio Amor y control de Rubén Blades. Recosté mi cabeza de la ventana y cerré los ojos, ya no sentía los nervios del primer día, solo la expectativa y la ansiedad por saber si estarían bien. Aunque no hablaba con Emil, me preocupaba por él, algo que, en ocasiones, me parecía tonto. No sabía qué tiempo llevaba ahí adentro. Sebas nunca quería que habláramos de él y me prohibió acercármele. Emil tampoco intentó acercarse y eso me llevó a creer que yo no era lo suficientemente relevante en su vida.

Cuando llegué a la entrada del penal no había tanta fila para entrar, eran alrededor de las diez de la mañana, dejé el celular y la cartera en los quioscos de afuera donde guardaban todo lo que no podía entrar. Subí caminando. A pesar de que había un bus de traslado que acercaba las visitas a la entrada, nunca me trasladé en él, prefería caminar para aceptar emocionalmente a donde iba. Como ya era costumbre, la música a todo volumen me adentraba en esa realidad.

Al caminar hacia la torre administrativa, pasé por los puestos artesanales, alcé la mirada y allí estaba Emil. Me esquivó la mirada y entró a la torre escabulléndose entre la gente. Intenté seguirlo, me escurrí por el interior del primer piso donde creía haberlo visto ir. En la entrada, había cubículos divididos con sábanas viejas, el corredor no era tan amplio, caminé por un pasillo oscuro como boca de lobo, tropecé con otro preso, me caí y fue un caos.

—Epa, epa, el mío, ¿qué pasa allí? —dijo un joven con una pistola en la cintura.

—Nada, el mío, mala mía, un accidente —contestó el chico mientras temblaba y me ayudaba a levantarme.

—Te comiste la luz, causa, ya sabes —exclamó, amenazante.

—Dios mío, perdóname —le susurré mientras recogía mis cosas del suelo—. No pasa nada, fue mi culpa —dije mirando fijamente al joven del arma.

—¿Está buscando a alguien, señorita?

—No, solo me desvié. Por favor, no quiero que él pague ninguna consecuencia, yo fui quien lo tropezó —insistí.

—Está bien.

Rápidamente agarré mis cosas y retomé mi camino deseando con todo el corazón que mi torpeza no le causara un problema mayor a ese hombre y con la constante pregunta: ¿Por qué se escondía de mí?

—¡Eh, por aquí! —Escuché decir a Sebas.

—¡Hola!, hermano, creo que acabo de cagarla —dije nerviosa mirándole a los ojos.

—¿Qué pasó?

—Seguí a Emil en el piso uno y tropecé en un pasillo con otro preso, llegó otro armado y, la verdad, no sé si lo perjudiqué.

—Hermana, ¿qué te pedí?... solo una cosa. El tema con la visita aquí es muy delicado.

—Me siento terrible.

Sebastián vestía jeans y camisa azul cielo, se había cortado el cabello y, aunque pensaba que podía ser paranoia mía, caminaba revoloteando los brazos con un tumbado como el de los otros. Respiré profundo al pensar que se estaba convirtiendo en uno más de aquí. Ya eran cerca de las doce cuando nos sentamos en la mesa de aquel corredor.

—No tenías que haber preparado este banquete —dijo al ver el arroz con pollo todo revuelto que llegó.

—No es un banquete, estuve muy ocupada toda la semana. No pude comprar grandes cosas, decidí venir porque realmente me preocupa no poder saber de ti.

—Gracias, hermana.

—El jueves es la audiencia.

—Ya lo sé.

—Todo va a salir bien.

—Eso espero.

Estábamos terminando de comer cuando se nos acercaron alrededor de seis hombres con diferentes armas, entre ellos, Emil. Hicieron un semicírculo alrededor del muchacho que tropecé junto con otro que vestía jeans con franelilla blanca por dentro del pantalón, una gorra y tenía una cicatriz inconfundible en la cara. Sebastián rápidamente se levantó y pude notar la tensión del ambiente.

—Disculpe, señorita —me dijo el sujeto de la cicatriz para luego dirigirse a Sebas—. No quiero incomodar a tu visita, pero, si no es mucho pedir, ¿podrías explicarnos la situación con el compañero?

—Colocó su mano en el hombro del joven del incidente y se veía demasiado nervioso.

—Solo me confundí, creí haber visto a alguien conocido e intenté alcanzarlo cuando tropecé con él, eso fue todo —me excusé.

—Entonces, todo está claro —anunció—. No hay nada, causa, vacílatela —le dijo al chico, indicandole que se fuera.

—Disculpa nuevamente —le dije.

—No pasa nada —exclamó para luego retirarse.

Quedé atónita ante aquella situación.

—¿Qué fue eso? —le pregunté a Sebas.

—Nada, solo era necesario aclarar que él no tuvo la culpa y librarlo de un castigo innecesario.

—Estaba Emil.

—Claro, él es parte del carro, ya sabes, ¿no? El segundo al mando. No es cualquier persona, tiene tanta responsabilidad como enemigos. Por eso es importante que te mantengas lejos, ¿lo comprendes ahora?

—Sí, hermano.

—Luna, es por tu bien, no quiero que te lastimen, es posible que Emil no sea la persona que recuerdas.

—¿Cómo saberlo si se me esconde? —expresé con tristeza.

—Hermanita, esto es para ti —dijo, suspirando con un papel doblado en sus manos—. No sabía si entregártelo, pero a lo mejor te ayude a encontrar las respuestas a las preguntas que tienes y logres dejarlo ir de tu vida.

Todo lo que nos ocurre nos puede estar salvando
y preparando para algo.

El camino solitario

Luna

Hasta las tres de la tarde, era el horario para salir del centro penitenciario, después de esa hora, no te dejaban salir hasta el día siguiente. Sebas me acompañó hasta la puerta justo donde nos despedimos, una frontera que separaba dos lugares tan diferentes.

Caminando a la parada de autobús, sentí muchos nervios y curiosidad, vivía dos emociones encontradas con respecto a la carta. Estaba sola por aquellas calles desoladas con matorrales a los lados, un solo camino en penurias hasta la parada donde el tránsito entre dos mundos terminaba. No solo sentía la soledad en el camino, la sentía en mi alma vagando sin sentido aferrada a la ilusión de vivir un amor con él. ¿Cuánto tiempo había pasado esperando que regresara?, pensaba cuánto más quería seguir atada a ese sentimiento.

Cuando te pierdes del camino, a veces tardas en darte cuenta de que giras en círculos sin rumbo definido, intentas convencerte de que solo te has alejado un poco y sigues sin tener idea de a dónde irás a parar… Y, así, llega el momento de admitir que te has apartado de tal forma que ya no tienes idea por donde sale el sol. Me había alejado tanto de mi vida amorosa desde que nos despedimos en aquel prado que no sabía si aún estaba allá esperándolo. Viajé todo el camino de Yare a Caracas, escuchando salsa erótica en el bus, todas encajaban con mi situación, lo que solo me hacía pensar que el destino tenía un buen sentido del humor.

Al llegar a casa tomé un baño, me puse un pijama, abrí la ventana de la habitación y me acosté en la cama. Sin ánimos de postergar más, empecé a leer la carta de Emil.

La brisa hacía bailar las cortinas, con las dos hojas en la mano me perdí en pensamientos. Al ver las primeras líneas, sentí como el mundo se disipaba para mí. Cerré los ojos, respire profundo y demoré un par de minutos para reanudar la lectura y terminar diciéndole a mi corazón lo que hacía tanto tiempo necesitaba saber, porque yo también lo amaba. Leí la carta desde el principio dos veces más y la guardé en una gaveta del clóset, me cambié de ropa y salí. Tenía la impresión de que si me quedaba, leería la carta muchas veces más. Caminé sin rumbo por La Hoyada hasta llegar a la plaza Bolívar, un domingo a las seis de la tarde todo era soledad, recordaba sus palabras línea por línea.

Cuántas cosas hay detrás de la mente humana, muchos muros que cruzar; el pasado, la familia, el entorno, la espiritualidad, el amor. En muchas ocasiones, todo conduce a la misma pregunta: ¿Qué hago aquí?

El afán de hacerle saber a Emil que no estaba solo, que no debía ser un muerto para la sociedad, me hizo actuar de forma impulsiva y llamé a la señora Isabel. El teléfono repicó y no atendió las llamadas y le dejé un mensaje en su buzón: Señora Isabel, espero se encuentre bien, le habla Luna, solo queria decirle que me he encontrado con Emil, ésta bien gracias a Dios, en una situación complicada de explicar por una llamada, pero lleno de salud y bien, si puede devuélvame la llamada o venga a Caracas.

Conocemos lo que somos, pero no en lo que podemos convertirnos.

Las brujas y el perdón

Emil

Luego de que toda la visita salía los lunes en la mañana, empezaba la rendición de cuentas, se prendía la luz cuando el gariteros gritaba deporte, lo que hacía que fuera uno de los días de más tensión. El orden del día empezó con un sujeto que tomó tanto que perdió el control al pelear con su pareja y utilizó palabras prohibidas como: Güevo, leche, yuca, las cuales debían ser sustituidas por: yensi, vaquita, raíz. Las palabras de connotación sexual estaban prohibidas y suponían un castigo. En este sistema, no se daba lugar a palabras con doble sentido para evitar peleas.

—Epa, el mío —dije cuando llegamos por él.

—Emil, mala mía, yo sé que choqué...

—Sí, el mío, chocaste, te comiste la luz y tú sabes cómo es eso —dije interrumpiéndolo.

—Perdóname la vida, el mío, por favor.

—Por esta vez y solo por esta vez —dije mientras hacía la señal para que dos luceros lo agarraran—. Solo esta vez pasará esto, el mío. Te irás una semana a la iglesia, tienes que aprender a conducirte. Ya saben qué hacer —indiqué a los muchachos y me alejé.

Atrás dejaba el ruido de una máquina de afeitar con la que le rasparían el coco y, dependiendo de lo obtuso que se pusiera, le darían un par de cachazos.

Homelito y yo habíamos revisado las cuentas de las deudas de la marihuana y el perico. Teníamos un tipo con una deuda pesada que había prometido pagar después de que lo hemos castigado varias veces y no lo había hecho.

—¿Qué vamos a hacer con esa bruja? —dijo el pran pasando su pistola desde la boca hasta la nariz.

—No lo sé, el mío. ¿La iglesia?

—No... —dijo Homelito, suspirando—, es que ya le hemos dado muchas oportunidades. La semana pasada le dimos un plomazo en una pata y se lo advertimos, ¿Para qué se meten en deudas por vicio? No hay de otra, llévalo al patio con los muchachos, ya sabes qué hacer.

Salí con los muchachos a buscar a Manuel.

—Epa, el mío, llégate.

—Emil, ya sé que no pagué la deuda, el mío, mi visita no vino. Dame chance.

—Manuel, tienes meses con la misma canción. ¿Para qué te pones a darle al vicio? Ven, camina conmigo.

—Causa, habla con el jefe, ayúdame, el mío.

—Ya no hay nada que hacer, el mío —le dije cuando llegamos a la horca en el patio.

—Viviste para comerte la luz..., pero no para contarlo.

Dos de los muchachos lo agarraron para guindarlo, yo solo me alejé un poco y aunque no quise, me quedé mirando un punto en la nada que me sacara momentáneamente de la escena. «Este pequeño y extraño mundo», recé en silencio para que el alma de esa persona no transitara caminos amargos.

Salieron dos muertos ese día. Los guardias, como castigo, suspendieron todos los traslados a tribunales. Para muchos compañeros, la esperanza de una audiencia que podría vislumbrar su salida se esfumó con el último aliento de Manuel.

En este mundo de oscuridad, muchos escogen el camino de darle a su mente un escape, esa salida se convierte en adicción, simula un espejo que te muestra tus más profundos deseos, te hace alucinar y fantasear llevándote a olvidar realmente donde estás. Llevándote a olvidar la triste realidad en la que vives.

No es necesario que te guste el proceso
ni el recorrido, pero tienes que superarlo
intentando aprender de ello.

El sol barrió los restos

Luna

El sábado era el día más importante para ir a ver a Sebas, tras el diferimiento de la audiencia, sus esperanzas estaban por el suelo y se desvanecía la idea de salir pronto de allí. A las cinco de la mañana, arrancaba el primer autobús hacia Yare. No logré dormir en el camino, estuve atenta al recorrido, como pasábamos de un pueblo a otro sin que nadie se bajara en ninguna parada, todas teníamos el mismo destino trazado.

Entré a las ocho de la mañana a la prisión. Sebas no estaba en la entrada para recibirme, los nervios empezaron a hacerme una mala jugada, sentí un vacío en el estómago. Uno de los muchachos de la iglesia, quienes por ser varones de Dios tienen permitido ayudarte con los paquetes, me acompañó en mi trayecto. Cuando entramos al piso donde Sebas vivía, lo vi sentado en una silla de espalda a la escalera, inmóvil, casi ni parecía respirar, estaba observando con gran afán a través de un agujero que daba a los talleres haciendo su ronda de «garitero», hasta ese momento, comprendí lo realmente difícil que estaba siendo todo eso para él. Seguí el camino hacia su celda, pues no podía hablarle hasta que su ronda terminara.

Al cabo de dos horas, Sebas entró, con un ánimo de perros, quizás para ocultar su tristeza.

—¿Y eso que estás aquí?, creí que había sido muy claro cuando dije que no quería que vinieras.

—Sebas, no podía dejarte solo.

—Luna, ya yo estoy solo, esto no es tu obligación.

—Creo que estás siendo injusto conmigo, puedo entender tu frustración por el aplazamiento, pero...

—Pero nada, Luna —me interrumpió—. ¿Sabes cuántas personas llevan años esperando que las suban a tribunales?, ¿Sabes a cuántos difieren al llegar allá?, no sabes nada.

—No sé nada de esos casos, pero sí sé del tuyo y porque sé te digo que va a suceder pronto, que no descansaré hasta que eso pase, voy a hacer todo lo posible, no debes ser grosero conmigo por culpa de tu frustración, porque si tú estás encerrado aquí siendo inocente, una parte de mí está a tu lado.

Me miró como un niño regañado y bajó la cara para que no lo viera llorar.

—Discúlpame —dijo sollozando.

Lo abracé lo más fuerte que pude, quería que mi abrazo le devolviera la esperanza, las ganas de seguir y de no desistir aquí. Cerca de las dos de la tarde, ya cuando casi me preparaba para irme, me preguntó abiertamente:

—¿Leíste la carta de Emil?

—Sí.

—Humm... ¿Y qué tal? ¿Quieres que le diga algo?

—No quiero que tú le digas algo, yo quiero decírselo, pero ya sé que no puedo pasar por encima de ti y que debo evitar..., ya lo sé. No todos somos como tú, hermano, no soy tan fuerte, yo sí necesito un nivel de cercanía, no puedo hacer como si aún no supiera de él.

—Tienes que entender que a mí me educaron distinto, Luna, y también comprende lo mucho que me importas, pero si tanto quieres ir no soy quien para elegir por ti. Solo te pido que te preguntes un segundo qué te conviene elegir, ir tú o dejarlo ir a él.

—Quiero verlo. Necesito hablar con él —contesté sin dudarlo ni un segundo.

—Bueno, vamos —dijo suspirando.

Sebastián no me dirigió ni una palabra ni una mirada en el camino. Solo me llevó y esperó que entrara.

—Hola, Emil… ¿Puedo entrar? —pregunté con voz temblorosa tocando la puerta.

—Luna, eres tú —dijo sorprendido.

—¡Sí!...

—Pasa —accedió, abriendo la puerta.

No existen palabras para expresar lo que sentía en ese momento, tenía puestos unos pantalones y no llevaba camisa, estaba despeinado, parecía que estaba durmiendo. Salté a sus brazos, el sentir su calor hizo que se removiera en mi mente momentos que creía olvidado —¿Cómo estás? —pregunte con la voz quebrada.

—Estoy bien —sonreía con un brillo peculiar en su mirada y agarrandome las manos—. Estás muy guapa con ese cabello negro. ¿Qué sucede? ¿Por qué estás llorando?

—No puedo creer que estés frente a mí, por mucho tiempo pensé que yo formaba parte de tus recuerdos distantes, en otras oportunidades, sentí que ya no estabas en este mundo.

—No pienses en lo que ya pasó, perdóname si te preocupé, Luna —dijo bajando la mirada—. Gracias por venir a verme eres la primera persona que me visita en este lugar.

—No entiendo qué pasó ¿Por qué estas aqui?

—La vida a veces es mucho más complicada de lo que imaginamos y el no escuchar los consejos de mi abuela o las personas que solo querían el bien para mí, me llevó por caminos difíciles de transitar, y ahora estoy aquí.

Su celda era sencilla y él hacía que fuese acogedora, aunque el baño estaba muy cerca del dormitorio, con una cama, una pequeña televisión y un aire acondicionado, no se sentía la sensación de frialdad.

—Llevas todo este tiempo aquí solo ¡Vaya!

—Luna, no quiero ser una carga o responsabilidad para nadie, menos para Isabel, ella es una persona mayor para estar en este trote, he aprendido a vivir solo, a mí nadie me viene a visitar. La cárcel me enseñó a dejar de quejarme por no tener la familia que yo quería. Porque antes de vivir lo que he pasado aquí, realmente no estuve solo. Enfoqué mis energías en las quejas de no contar con mi padre, en encontrar un ¿Por qué? y desprecié todo lo que mi abuela hacía por mí, cuando reaccioné, ya era tarde, lo había perdido todo, no podía volver y recomponer lo que mi orgullo y capricho habían roto y a pesar de que ya no soy el mismo, aún no tengo el valor de llamar a mi abuela o verla.

Hablaba con tanta profundidad, que sentía que estaba frente a un Emil que no conocía, su mirada se veía perdida.

—¿Cómo has logrado sobrevivir aquí sin ayuda?

—Yo tengo un trato diferente, no soy un recluso de la población, digamos que aquí soy un gerente, pero por lo general, cuando no estamos en visitas, todos hacemos cualquier cosa para revolucionar y ganarnos la comida, como limpiar, vender, cocinar, algunos van a los programas que tiene el sistema para la reinserción de los presos en la sociedad, enseñan manualidades, hacen trabajos benéficos, estudian, son necesarios para optar por beneficios. Vamos a dar una vuelta por el centro, Luna.

Salimos de la torre, cruzamos una pequeña cancha de baloncesto, estaban cuatro hombres picando balón mientras otros tantos gritaban desde las gradas. Llegamos al campo de fútbol.

—Este es un lugar especial para mí —aclaró mientras se acostaba en la grama—. Es un espacio donde siento paz y los miedos desaparecen, puedo ver todo el cielo y siento libertad solo con eso, por las noches veo las estrellas y converso con Dios. Aunque suene raro, hace un par de años comprendí que existe y este lugar me enseñó a sentir que me escucha, debes pensar que estoy loco.

—No pienso eso —puntualicé, dejándome envolver por el momento, mientras me acostaba a su lado—. Has pasado tanto que aún sigo sin digerir esto.

—He aprendido a crecer como persona. Cuando llegué aquí sentí que me habían lanzado a un mundo siniestro y me pregunté, ¿por qué me merecía esto? Pero solo es un sistema más que te enseña a comportarte, solo que aquí las oportunidades son limitadas.

Escuchamos el ruido de una sirena.

—¿Eso qué es? —pregunté exaltada.

—El aviso de que ya no sale más visita por hoy —respondió, posando los brazos bajo su cabeza.

—No puede ser —dije asustada—. ¿Qué hora es?

—Las tres y dos minutos.

—No, Emil, yo no me puedo quedar aquí. Necesito regresar, vamos con Sebas.

—Luna, ya no te van a dejar salir, lo siento. De verdad perdí la noción del tiempo. Pero los días de pernocta luego del aviso de la sirena no se puede salir.

Sentía que traicionaba toda la confianza de mi hermano. ¿Cómo me quedaría a dormir allí? ¿Dónde dormiría?

—Puedes dormir con Sebastián —dijo como si leyera mi mente—. O duerman hoy los dos en mi bugui, no hay problema.

¡No hubo fotos! Me interesaba más su presencia que estar de manera virtual.

La noche se vistió de seda

Emil

Estar en un lugar desconocido y que alguien más la guiara, no le permitía a luna estar tranquila. Empezó a estar distante, yo quería hacerla sentir segura, deseaba eliminar ese miedo que revelaban sus ojos. Sabía que la circunstancia y el lugar no estaban a mi favor.

Subimos a la azotea de aquel viejo edificio en ruinas que transmitía lo que alguien podría transformarse ahí adentro, estas ruinas ocultas en las profundidades de un pueblo se limitaban a contemplar el ajetreo y la lucha constante de los hombres por el poder, pero el edificio seguía allí aguardando su reencarnación y manteniendo intacta su identidad. Cenamos a la luz de la luna y de pequeños faros que alumbraban las garitas de los guardias. No mencionamos nada de nuestro pasado e imaginamos que estábamos en algún pueblo, alejando nuestros pensamientos del entorno real.

Le contaba cómo hacía para revolucionar y ganar dinero, vendía bebidas y cócteles andinos a base de miche, había diseñado un proceso para la destilación de alcohol a partir de la fermentación de agua de arroz. Construí un alambique en un botellón de agua con una manguerita fina, a través de esta, destilaba el agua colándose con un paño para remover el residuo, luego la mezclaba con azúcar y era la base de los famosos cócteles.

Nunca me he considerado una persona de tomar alcohol, pero esa noche con ella, estaba feliz, sentía que la vida me sonreía y preparaba cocteles para Luna y para mí. La música no faltaba, porque la vida es así, en muchas ocasiones, te pone enfrente de lo que necesitas sin pedirlo. Me armé del valor que nunca había tenido con ella y la invité a bailar:

> *...tantos cascabeles entre la cintura por tenerte cerca*
> *y sobre la mesa una luz inquieta parecía una estrella*
> *tu boca pendiente de atrapar la mía en mitad del vuelo*
> *tus manos tocando silenciosamente conmigo en el cielo*
> *yo estaba solo qué querías que hiciera, la noche*
> *me pidió al oído que yo te quisieeeera...*

Veía en sus ojos, el largo tiempo que pasamos separados, todas las veces que pensé en ella, el corazón se aceleraba con cada estrofa de la canción y esa noche, fui valiente, cuando por fín tomé su rostro entre mis manos y la besé. Ella me abrazó por el cuello, sentía su lengua bailar dentro de mi boca. Nuestro beso había esperado mucho. Un beso que había estado suspendido en el tiempo cuando crecimos, cuando me fui y quedó escondido en el prado, un beso que se había perdido en caminos desconocidos y ahora se había encontrado. La besé con todas mis fuerzas, porque, en ese beso, estaba el resumen de nuestras vidas hasta este momento.

Cuando regresamos al bugui, apagué la luz, seguí besándola, la desnudé despacio, con ternura, tocaba su piel con suavidad y deseo. Acaricié cada parte de su cuerpo en un recorrido lento y sensual, subí para conseguir sus labios y al compás de un beso delicado, entré en ella, con deseo. Escuchar su respiración acelerada, la suavidad de su piel, me estaban enloqueciendo y cada segundo queria más de ella. Le pasaba la mano por el cabello, por la espalda, escuchaba sus gemidos estando dentro haciéndome sentir como mi primera vez y, aunque no éramos vírgenes, esta sí era la primera vez de nuestro amor. Deseaba perderme en ella y jamás ser encontrado. Nos amamos toda la noche y el amor se mezclaba con nuestros sueños...

De forma tácita y natural, sin haber hablado de ello, el encuentro fue consolidándose de una forma poco habitual. Jamás hubiera imaginado que algo así de hermoso y fuerte podía crecer en un espacio inmensamente oscuro y tantas veces angustiante.

Cuando Luna despertó, yo miraba por el hueco de la pared, se veía hacia las montañas. Deseaba con cada parte de mi ser no estar encerrado, ella me devolvió la esperanza de creer en un mañana. Sentía su mirada observando en silencio y me volví hacia ella para mirarla, aparté el cabello que cubría parte de su rostro y la miré fijamente a los ojos.

—¡Buenos días! —dije.

—¡Buenos días! Hace un poco de frío.

A través de ese hoyo en la pared que simulaba una ventana, entraban rayos de sol que iluminaban sus senos desnudos, pronto el calor me consumía como una llama que me recorría por dentro, flama que se transformaba en hoguera y con mucha rapidez en un incendio. Yo quería y sabía que a partir de ese momento conocería los cielos dentro del infierno, porque a partir de esa mañana sabía que era un amor difícil con fronteras que yo quería cruzar.

La jornada laboral,
el bullicio de la ciudad,
se detienen el viernes para las rutinarias

Una luna insalubre

Luna

Lo sombrío de las cuatro paredes es el lugar que observas con detalle: el amor de los familiares. Quienes dejan de lado los crímenes inculpados y aún conscientes de la responsabilidad de los actos delictivos de los acusados, no los abandonan, porque familia es familia.

Los abrazos fuertes que se daban al entrar al penal y encontrarse con un pariente, sin importar las veces que viniera, era algo que no dejaba de sorprenderme. ¿El amor genuino no se muere, no se adormece?, ¿vocación, entrega? No se sabe, pero todos los que cruzamos esa puerta, vivimos en una zozobra buscando constantemente la manera de reponernos y de sobrevivir a ella.

Con cada visita me sentía más cómoda, pero el miedo a no salir viva de ese lugar no se iba. Mientras, el guardia requisaba las cosas que les traía a los muchachos: Galletas, harina, pan, algunos enlatados, papel higiénico, jabón y agua para que pudieran cocinar. Vi que en la entrada me esperaban Emil y Sebastián vestidos de chemise y blue jeans, limpiecitos y con el cabello peinado.

—Tienes un aspecto estupendo, Sebas —dije saludándolo con un abrazo.

—¿Sí?, ¿tú crees? —preguntó, sonriendo.

—Sí, señor.

Me quedé inmóvil frente a Emil, pensé que me daría un beso, el corazón se me paró en seco, mis brazos querían extenderse. No estaba segura quien daría el primer paso. Pero solo se limitó a saludarme con un «hola» quitándome los paquetes de las manos para ayudarme con el peso.

Caminamos los tres hacia la torre, Sebas me preguntaba por el trabajo, por la calle, por Vanessa, hacía un esfuerzo por mantenerse al día de lo que sucedía afuera. Fuimos hacia el piso cuatro.

—Hablamos luego —dijo Emil retirándose y dejándome tiempo a solas con mi hermano. Desayunamos juntos y todo el rato estuvimos en silencio.

—¿Por qué me esperaste con Emil?

—Porque eres la visita de los dos y ahora su mujer. Pero no sé si lo que sientes por él, es tan grande como para exponer tu vida quedándote a dormir aquí. ¿En realidad vale la pena?

—Lo que siento por él es muy fuerte, Sebas, pero tengo la sensación de que fue incómodo para él.

—No creo, tal vez no sabía cómo recibirte delante de mí. No es un mal chico, solo hace lo que puede y debe hacer aquí adentro, es todo.

—Ya lo sé.

El tiempo transcurría a mi alrededor, el mundo estaba paralizado para mí o al menos eso sentía. Cerca de la una de la tarde, Sebastián me acompañó hasta el piso de Emil. Cuando nos encontramos nuevamente, nos regalamos una sonrisa con mucha complicidad, como dos adolescentes enamorados. Pasó su brazo por encima de mis hombros y caminamos hasta su celda, cuando entramos nos abrazamos y caímos sobre la cama, me besó con dulzura el cuello, los hombros, el pecho. Subió besándome hasta el oído y me dijo:

—Me he masturbado pensando en ti.

Lo atraje hacia mí besándolo con mucha pasión y lujuria, rodamos en la cama y quedé encima de él, me acariciaba la espalda, recorría con sus manos cada centímetro de mi cuerpo como si deseara grabar ese momento en su memoria. Sus labios se movían rápido y los míos le seguían, estaba eufórica entre suspiros al sentir cómo me besaba y lamía mis senos, sentí su penetración y, entre gritos y gemidos, llegó el éxtasis del orgasmo. Permanecimos abrazados en silencio. Él estaba desnudo, yo solo llevaba unas pantis blancas.

—El amor no es perfecto, pero sí mágico, como tú. Eres un ser mágico, que me devuelve las ganas de vivir aún estando en esta oscuridad.

—Lo que más he deseado en el mundo es estar contigo —le dije tomando su cara con mis manos—. Y seguiré junto a ti, como todo este tiempo lo he estado, aunque no me hayas visto, sin saber si era un abismo. Seguí aferrada a la profundidad de nuestro amor, seduciendo a la muerte en este lugar y conquistando las alas para salir de esta oscuridad juntos.

—La vida se me va —expresó y en lo profundo de su mirada, vi sus miedos—. Y no quisiera que se te vaya a ti en este lugar.

—La vida, en este instante, es nuestra… —aseguré, al tiempo que dejaba un beso apasionado en sus labios.

Cuando vimos el reloj ya faltaba poco para las tres y, aunque en mi memoria conservaba los recuerdos de la anterior noche juntos, sabía que no debía dormir allí, empecé a vestirme. Y me atreví a confesarle lo que había ocultado hasta este momento

—Emil, llamé a la señora Isabel —dije con la voz quebrada.

—¿Por qué llamaste a mi abuela? —protestó mirándome con desaprobación—. No tenías derecho, ella no merece venir hasta aquí por mis errores.

—Tienes razón, pero no seas egoísta —repliqué con seriedad.
—Las personas que te amamos la hemos pasado muy mal todos estos años sin saber de tí. Tu abuela no se merece esa agonía de no saber si vives o si te pasa algo muy malo.

—Aun así no tenías derecho, Luna —sentenció, dejándome sola en la habitación.

Los seres humanos defendemos lo que creemos que es hacer lo correcto, y probablemente había cruzado un límite llamando a la señora Isabel, pero había regresado paz a su corazón. Cuando salí, estaba en el pasillo esperándome enfadado. Caminamos juntos a la salida y no sabía si él quería que volviera a verlo, no esperaba que quisiera, pero no podía retractarme de lo que yo creía correcto.

Volviendo a mi vida, en la calle, nadie imaginaría la historia que había detrás de las personas que salían de ahí, porque no se nota al caminar entre los demás y menos en nuestros cuerpos, pero sí en nuestros ojos, porque los recuerdos están latentes.

Constantemente enfretarás nuevos desafíos,
solo tú decides: ¿Vivir el juego o morir dentro de él?

Asuntos exteriores

Emil

Después de varios días con un juego de los guardias que consistía en no realizar los traslados de los presos a los tribunales que requerían ser procesados, los pranes de varios penales lograron ponerse de acuerdo y realizar una huelga de hambre para hacer un llamado a los entes gubernamentales por los malos tratos por parte de los custodios, por el retraso procesal y por el hacinamiento.

Como respuesta a la protesta suspendieron las visitas. La huelga comenzó en solidaridad con el causa «Agapito», un pure de unos sesenta años que hacía seis meses que debía haber salido, por mantenerse desde hace cinco años en proceso preliminar de investigación sin testigos que alegaran cargos.

Todos los presos nos cocimos la boca, nadie podía comer y las órdenes eran que el reo que consiguieron comiendo pagaba las consecuencias. Solo se podía pedir traslado a otro penal, lo que conocíamos como saltar la tela.

En Yare, reinaba una atmósfera peligrosa, todos tenían los nervios y el hambre a flor de piel, solo teníamos permitido consumir líquido, azúcar o algún caramelo. Quienes contaban con provisiones de golosinas podían afrontar los días, sin embargo, la mayoría no corría con la misma suerte. La alimentación de muchos presos era sostenida por los alimentos que traían los familiares en las visitas, el comedor del penal no funcionaba todos los días y la comida no se la comían ni los animales.

Pasé un mes sintiéndome como si estuviese en el fondo del inframundo. Podía sentir mi cuerpo en cetosis, comiéndose mi propia carne en busca de sobrevivir, ya el estómago no rugía, ahora quemaba como una llama que no cede y no se deja apagar. Cuando me hablaban, no entendía, no escuchaba, solo veía un punto ciego en la pared o en el techo. Cuando estaba solo, pensaba que el tiempo transcurría a través de mis manos y que afuera de los barrotes todos habían emprendido la marcha. Mi tiempo y yo estábamos consumidos por el lodazal pesado, en el que, cuando intentaba dar un paso, solo me hundía más, así me limitaba a vivir día tras día. Decidí escribir en un cuaderno lo que había vivido durante toda mi vida y lo que había pasado a lo largo de estos últimos cinco años en la cárcel, creí con convicción que había que hacer un cambio en la humanidad y dar a conocer un mundo que existe y está en las sombras del planeta donde todos habitamos. El estado en el cual me encontraba me hacía divagar y ver con tanta tristeza cómo había desperdiciado mi vida hasta ese momento y quería evitar ese sufrimiento a cualquier ser humano que quisiera escuchar mi historia.

En esos días de hambre y soledad evitaba mirarme en el espejo, mi atuendo era desalentador; se me marcaban los huesos de la cara, ojos hundidos, mejillas enflaquecidas a través de las cuales se dejaban ver mis dientes, aun cuando tenía la boca cerrada, sentía todos los huesos que forman la caja torácica. En las noches de gariero, no podía evitar que Luna pasara por mi mente, mi corazón almacenaba muchos recuerdos de ella. Entre barrotes, la muerte conformaba parte de la vida.

Algunos compañeros no lograron pasar la huelga y caían convulsionando de hambre de forma inesperada. Otros solicitaban traslado y saltaban la tela. En los recorridos de rutina, encontramos a dos reos comiendo y Homelito los ahorcó en el patio frente al resto de la población.

A un mes y una semana de la huelga, la situación seguía igual, luchábamos por un mismo propósito, los familiares de mis compañeros hacían presión desde afuera del penal con manifestaciones, lo que abrió el debate con los voceros y así se pudo llegar al acuerdo de realizar, regularmente, los traslados para las audiencias y levantar la huelga de hambre y la suspensión de las visitas.

*Todos aman la noche iluminada,
pero muchos huyen del caos y la decadencia.*

Muestra suprema de amor

Luna

Luego de un mes y quince días de huelga de hambre, finalmente, se llevó a cabo la audiencia para Sebastián y Alex, ambos habían logrado llegar a los tribunales, la audiencia duró cuarenta minutos exactamente. El Dr. Boada presentó las evidencias de trabajo, cartas de buena conducta, referencias y antecedentes de Sebastián, ese día quedó en libertad y absuelto de los cargos.

Con Alex, la historia fue distinta. Luego de asumir los cargo fue sentenciado a ocho años de prisión por el tráfico de sustancias estupefacientes, era impresionante como un joven de apenas veinte años ya había marcado su destino y perdería varios años de su vida encerrado en una ruleta e intentando sobrevivir. Vanessa no paraba de llorar, porque a pesar de que fuera culpable, el corazón y la razón no son tan rigurosos cuando se trata de la familia.

Cuando regresamos a casa con Sebastián, Vanessa no paraba de vomitar, pensamos que era por la impresión que había vivido ese día hasta que extendió un sobre a Sebas con un examen de laboratorio que decía «positivo».

Ambos querían celebrar, pero la realidad es que la vida les había robado un poco el entusiasmo con las secuelas de los sucesos, se abrazaron y en silencio sus almas decían todo lo que tal vez por sus bocas no salía.

A las cuatro y media de la tarde, el sol daba directo a mi habitación, estaba ordenando la ropa del clóset, pensaba en la situación, ya mi hermano no estaba allá, no tenía razones, pero debía volver para verlo, a pesar de que habíamos peleado, conforme el tiempo pasaba, iba dejando las dudas y dando paso a los recuerdos para fantasear con la ilusión de estar con él. Escuché gritos y llantos en la sala. Salí apresurada a ver qué sucedía y vi a Sebastián intentando consolar a Vanessa.

—¿Qué pasó? —pregunté con preocupación.

—Es Alex —dijo Sebastián bajando la cara—. Se ahorcó.

—¡No puede ser! —exclamé impresionada e inmóvil.

De repente, Vanessa sacó fuerzas de donde no tenía y dijo: —El llanto no consuela.

Ella no tenía ánimos ni fuerzas para ir por el cuerpo. Sebas se encargó del sepelio y yo busqué en el tribunal las cosas que había dejado Alex, entre ellas, una carta a su prima:

Recuerdo con claridad el funeral de nuestros padres, solo éramos unos niños, a mis cuatro años no entendía lo que representaba el estar en ese entierro abrazado a ti, no comprendía el poder y firmeza de tu promesa de "nunca dejarme solo". No soporto la idea de verte visitándome durante ocho años, marchitando tu vida por mis errores, porque sé que no me dejarás y esta condena será doble para mí. No quiero que vivas este trago amargo de la vida, perdóname por ser cobarde y no seguir luchando del mismo modo en que tú luchas.

Los meses pasados fueron horribles, no puedo volver a ese lugar, no merezco tu tristeza ni quiero ser tu carga en esta soledad, vive, vive intensamente... Te amo, Vanessa... Eres ese ángel que guió mis pasos en la tierra, pero me desvié del camino y ya no tengo fuerzas; no sé cómo continuar.

Fluye como el agua, adáptate a los cambios, porque la vida es una secuencia interminable de sorpresas.

Congelando el tiempo

Emil

Es la maldad y el ego lo que hace que los hombres se pierdan a sí mismos, se transforman en almas perdidas que creen que no tienen reparo, la oscuridad los envuelve en su propio engaño, perturbados en un mundo en agonía donde se aprende a herir para sobrevivir.

Habían pasado tres meses desde la última vez que estuve con Luna. Estar a su lado me llenaba de paz, pero seguía sintiendo ese vacío en mi pecho, el amor para mí era un territorio desconocido. Su hermano había salido en libertad y desde que levantaron la huelga, no dejaba de insistir en que quería visitarme, pero sentía una tristeza profunda de solo pensar que me viera en el estado en el que había quedado. Estaba demasiado flaco y, a medida que caminaba por el penal, reconocía las miradas de respeto de los otros reos por el estado en el que me encontraba, que sin importar el esfuerzo que hiciera para recuperar mi masa corporal, no podía lograrlo.

Ese sábado decidí caminar, observar la felicidad de los demás al ver llegar a sus familiares, constantemente, se acercaban a la reja para intentar reconocer a las mujeres que hacían la fila. Me detuve un momento en la entrada del centro penitenciario a valorar la esperanza y el apoyo que transmitían las personas que llegaban a los hombres que estaban encerrados. Fue así cuando me percaté de una anciana de piel morena y cabello cubierto de canas, mi mente se negaba aceptar lo que mis ojos estaban viendo, el corazón se me aceleraba con cada segundo que pasaba, me acerqué lo más que pude a la salida y allí nuestras miradas se encontraron. Empecé a llorar al ver a mi abuela junto a Luna en aquella fila, nunca había experimentado la felicidad que sentí en ese momento. Sequé mis lágrimas y salí corriendo.

Cuando llegué a mi buggies, recogí todas las armas y la droga que yo custodiaba, le pedí el favor a Homelito que guardara mis cosas. Me apresuré en bajar como un niño con la ilusión de santa en navidad. Corrí al encuentro dando gracias a Dios por permitirme vivir el momento de estar junto a las personas que más había amado toda mi vida.

Nunca imaginé el gozo que sentía en ese momento. Apenas Isabel cruzó la puerta del penal, corrí sobre ella, la levanté del piso entre mis brazos, sus besos fueron el renacer de ese amor materno que creía muerto, no quería que parara, las palabras no me salían, el nudo en mi garganta dejaba un pequeño espacio para sentir la respiración y ser consciente de que aquel momento era real.

—Hijo, cuánto tiempo mijo —susurró llorando—. He estado muy preocupada.

—Perdóname vieja, por solo desaparecer —le contesté con mucho arrepentimiento.

En su mirada encontraba, el afán de quién quiere borrar el pasado, sus manos sanadoras se posaron sobre mí y con solo su presencia, mi vida aquel día se llenaba de tranquilidad.

Las invité a caminar, le mostraba las cosas, intentaba explicarle lo que hacían los artesanos y la llevaba por la zonas donde no había armas a la vista, no quería que se preocupara más de lo que ya estaba por saber que vivía allí, intenté hacerle sentir que estaba visitando mi casa. Pasamos a la iglesia, escuchamos la palabra, oramos con los religiosos dando gracias a Dios y pidiendo misericordia. Almorzamos los tres en las gradas del campo de fútbol y

Luna decidió ir a la habitación y dejarnos solos un momento. Me recosté sobre sus piernas como el niño que buscaba su protección.

—Abuela, quiero pedirle perdón por lo injusto que fui con usted todos estos años —expresé al levantarme y tomarle las manos—. Sé que usted hizo lo mejor para mí y yo no lo valoré, en esos años, era muy inmaduro, estaba cegado por el rencor y el capricho de que las cosas no eran como yo quería. Constantemente, me quejaba de estar solo y no valoraba su compañía, su amor y sus esfuerzos, actúe mal con la persona que me vio venir al mundo, con el único ser humano que me ha amado tanto como para nunca dejarme. Y hoy lo estoy pagando.

—No digas eso, Emil —replicó secándose las lágrimas.

—Abuela, preso he aprendido tanto, hoy valoro sus consejos porque sé que lo único que usted quería, era prepararme para afrontar la vida. Todos sus regaños y los castigos que muchas veces le reproché, esa forma de evitarme sufrimiento, era su manera de decirme cuanto me amaba. Gracias Isabel, por ser la madre que Zoé quería que tuviera, esa que nunca me abandonó y creyó en mí, incluso, cuando yo no lo hacía. Perdóname vieja, por ocultarme, por hacerte pasar por todo esto.

—Yo siempre voy a estar contigo —aseguró, levantándome la cara—. Hay amores fugaces, historias de amor que no tienen el final que deseamos, pero aun así siguen siendo una historia de amor y existen amores como el de las madres con sus hijos que son amores incondicionales en el cual el corazón no conoce de razones y hay amores sin límites, como Luna y tú, que florecen en el lugar más tenebroso y no conocen fronteras.

El tiempo transcurrió muy rápido, cuando escuché al garitero gritando: «Visita que sale, esa visita saliendo», el corazón se me detuvo, hasta ese momento, nunca había sentido el deseo tan profundo de irme de allí, lloraba, porque me quería ir con ella, me auto juzgaba de estar allí.

Abracé a Isabel y me centré como el adulto que sabía lo que estaba viviendo, sequé mis lágrimas y le dije:

—Vieja, tranquila... no llores por mí que no estoy muerto. tenemos que darle gracias a Dios que a pesar de que esté preso, aún me puedes ver, detrás de unos barrotes, pero me puedes ver, estoy vivo y tengo esperanza de salir. No pierdas la fe, vieja, yo estoy bien, confía en Dios que me vas a ver afuera y tú estarás conmigo —le dije, mientras la cubría en un abrazo.

Luna se acercó a nosotros, ya era momento de partir.

—Gracias por este día, en medio de estas penumbras me hiciste el hombre más feliz del mundo, mi amor. —Sujeté su mano—. Gracias por enseñarme que nunca he estado solo.

No cambiaste, solo aceptaste que el caos
también es una manera de avanzar,
y ahora sabes que lo puedes afrontar.

Reconstruir

Sebastian

Al llegar a casa luego del entierro de Alex, Vanessa estaba devastada, podía sentir su culpa, aunque realmente lo sucedido no fue su responsabilidad. Desde muy niños, nos enseñan a tener cuidado de nuestros cuerpos, de nuestras pasiones y de nuestros seres queridos, de no dejar caer los platos de vidrio, pero ¿qué hay de malo en romper un plato? Si todos en algún momento de la vida lo hemos partido, se nos ha exigido tener cuidado de que no caigan al suelo, pero cuando pasa, cuando caen, realmente no es tan catastrófico. Romper un plato forma parte de una lucha interna y romperlo con toda la intención implica liberarse de conceptos inculcados, de esa manía de tener que hacer lo que creemos que hará feliz a los demás, esa responsabilidad adquirida por nosotros mismos.

Para Vanessa, su plato se había roto y esa responsabilidad que ella autogeneró la arrastraba a la culpa de algo que no era ni fue su responsabilidad. Admiro todo lo que hizo por su primo, pero la realidad es que cada uno, en su mundo interior, toma decisiones, ella hizo lo que pudo. Alex tomó las decisiones que él creyó convenientes para sí mismo. Aunque el plato de Vanessa ya estaba roto, su disputa no sería solo por el duelo de un ser querido, implicaba aceptar que, en ocasiones, los platos se rompen sin explicaciones y no es culpa de nadie.

Escuché las llaves que abrían la cerradura de la puerta, era Luna llegando de la oficina, la miré y la invité a sentarse a mi lado en el sofá donde solo veía al techo.

—¿Cómo estás? —pregunté cuando se tumbó a mi lado.

—Bien, hermano. Trabajar, jugar póker, lo normal de mis días. ¿Vane y tú?

—Vane está acostada, no se siente muy bien, todo ha sido muy rápido, el embarazo, lo de Alex…

—Sí, tomará un tiempo para que todo pase.

—¿Sabes?, lo más difícil para mí, no fue solo lo que viví estando preso, es este trabajo que hago para retomar la confianza, es lidiar con los comentarios de mis compañeros de trabajo, algunos me demuestran desprecio como si yo tuviese una enfermedad, es esta etiqueta que tengo en el pecho que, aunque no se puede ver, existe: expresidiario.

—¡Guau!, no sabía que te estaba pasando eso.

—Nadie lo sabe, pero, en ocasiones, mi mente vuelve allí a esos pasillos, fotografías de las escenas de la película de terror más horrorosa que he visto cruzan por mi mente perturbando mis emociones. De todo eso intento alejarme. En la noche, aún corro al sentir mi piel rozar con la de Vane, todavía no me adapto a poder dormir tranquilo.

—¿No te gustaría ir a terapia? Eso podría ayudarte..

—Puede ser, aunque he estado pensando proponerle a Vanessa que nos vayamos a vivir a la finca de los abuelos, intentar otro modo de vida, estar alejados un poco de la realidad del mundo, mientras barremos los escombros que quedaron en nosotros por todo este caos.

—¿Quieres empezar lejos de todo?

—No se trata de empezar, es reponernos de las situaciones y aprender a continuar dejando atrás lo que pasó. De eso se trata.

—Yo te voy a apoyar en lo que decidas, lo sabes. Pero en mis planes no está regresar.

—Sí, lo sé y está bien, sería incapaz de pedirte que regreses, debes continuar con tus planes y construir la vida que tú quieres. Porque esa es tu responsabilidad. Así como yo me responsabilizo de la mía.

Él era pasión y locura. Y me entregué a esa mirada que me atravesaba como un rayo atraviesa un árbol en una noche de tormenta.

Tu vida en la mía

Emil

Estaba parado frente a la entrada, los domingos se habían convertido en el momento más anhelado de mi semana. Cuando reconocí a Luna en la fila para entrar nos regalamos una sonrisa y pensé en la primera vez que la vi, cuando tan solo éramos unos niños, supe que había algo especial en ella. Mi vida por mucho tiempo se vio afectada por la decisión que tomó mi padre de solo desaparecer, esa acción me llenó de rencor y resentimiento, solo quise desaparecer cuando conseguí las respuestas a las preguntas que me robaron la paz y mis sueños por mucho tiempo, pero fui egoísta, creí que podía marcar las reglas de mi camino, con decisiones poco meditadas. No podemos escapar de nuestro pasado, pero somos los dueños de labrar nuestro futuro.

Aunque, todavía sentía nervios en el estómago, el miedo, la soledad y yo hicimos las pases, porque, en todo ese tiempo, que estuvimos solos, aprendimos varias cosas. No podemos dejar que el odio gobierne nuestra vida, aprendimos que una decisión puede llevarnos a perder varios años encerrados, que aunque sean uno o dos para quien lo vive parecen miles y que el amor es lo único que puede salvarnos, esa magia nos devuelve la esperanza día a día para querer salir y dar lo mejor de nosotros.

Animado por la visita de Luna, pensé: «Hay que luchar por los sueños». Pero entre barrotes, ciertos caminos hacen que esos sueños resulten difíciles, por lo que era mejor conservar energías para cuando llegara la oportunidad de tener otro andar.

A pesar de que era domingo de visita, la atmósfera del penal era pesada, la mayoría de los reos recibían las cosas de sus visitas, y al cabo de dos máximo tres horas las despedían.

La cancha estaba llena de reclusos, mucha actividad atraía el juego de futbolito entre los talleres y la torre, el olor pesado de carne podrida se percibía por ratos. Podía presentir la tormenta y no por ser sabio o tener un don especial, es que tenía la costumbre de ver el horizonte. Odié todo lo que me había traído esta condena, odié lo que sentía en mi interior por estar en este lugar.

—Luna vamos al bugui, quiero entregarte algo —dije, al tiempo que la abrazaba con fuerza.

—Estás temblando —expresó—. ¿Te pasa algo?

—No pasa nada, mi amor, vamos.

Lo primero que pensé fue en buscar abrigo, pero eso podría resultar más peligroso con una atmósfera tan densa. Miraba las nubes desplazarse rápidamente en el cielo cuando sentí la mano de Homelito caer sobre mi hombro.

—Hay un movimiento raro con estos tipos, píllate la jugada —dijo mirando hacia todos lados.

—Se siente la tensión —afirmé—, llegué a pensar que eran cosas mías.

—No, hay que estar activos, no creo que sea hoy, pero algo se traman las brujas de los talleres, con eso de que trasladaron desde la planta, no sabemos qué perro malo habrá llegado, mira como los bichos hablan y nos miran, nos están marcando. Avísales a los luceros que tenemos que estar activos.

—Seguro, el mío —afirmé, estrechándole la mano.

Cuando llegamos a la habitación abracé a Luna con todas mis fuerzas. Quería que saliéramos de allí, el nerviosismo invadía mi cuerpo, me preguntó varias veces qué estaba pasando, pero no quería preocuparla más.

—Mi amor, acuéstate —dije al besarla en la frente—. No pasa nada, descansa un poco, tengo que escribir algo que me encargó Homelito —expliqué.

Búsque el cuaderno donde drenaba mis pensamientos, donde guardaba los recuerdos más impactantes de mi historia y solo escribí dejando fluir las emociones que estaban dentro de mí. Donde crecí es común escuchar que no aprendemos por experiencias ajenas, pero yo creía que no era así, mi corazón se detuvo cuando escuché al garitero gritar «Visita que sale, chamo visita que sale».

—¿Qué hora es? —le pregunté a Luna.

—Es la una. ¿Por qué la visita se tiene que ir temprano?

Corrí a abrazarla, la besé y ella sujetó mi cuello para besarme con mayor intensidad. Lo único que deseaba en la vida era protegerla, librarla de sus miedos y tuve que parar aunque realmente no quería.

—Debemos bajar, pero quiero que te lleves esto —indiqué, señalando el cuaderno.

—Emil, me estás asustando mucho.

—No temas, mi amor, esto es solo algo que estuve escribiendo. No pasa nada.

Acompañé a Luna a la salida, fui cauteloso, porque ya sabía que había un cambio de luz y que el peligro era inminente. Las cosas no suceden como deseamos, pero es mejor acostumbrarse a ello, entender que no se puede controlar el tiempo. El viento aumentó la velocidad y trazó su curso, no existía la oportunidad de elegir, solo de afrontar la tormenta que, mientras más rápida era, más violenta se volvía.

El que es libre, desde afuera le hace el coro a sus convives.
El convive adentro es rutinario con una amistad.
Es la familia, es el apoyo y amor incondicional.

Rekeson

Inmensidad

Luna

Nadie te dice que el amor a veces duele, tampoco te dicen que puedes enamorarte aún siendo una niña, que lo que sientes no sabes si es amor, yo no sabia, pero nada en mi vida fue más importante que él.

Esta visita había sido la más extraña que había realizado al penal, nunca había sentido ese lugar con un silencio tan tenebroso, aunque yo sabía que era un infierno en la tierra. En la fila, mujeres comentaban de una prendida, no entendía a que se estaban refiriendo, en lo único que podía pensar era en verlo otra vez.

Todo sucedió muy rápido, no hubo tiempo para hablar, en su beso, conseguí terror, miedo y me sentí impotente de no poder llevarlo conmigo. Cuando llegamos a la puerta, nos despedimos con un abrazo y apenas el guardia cerró la reja, a mis espaldas, se escuchó una fuerte detonación, parecía una explosión, era algo inconfundible: el estallido de una granada. Me quise regresar, pero no pude hacer nada. Los guardias me agarraron, yo gritaba, forcejeaba, pero fue inútil.

Los guardias me trasladaron del penal en una patrulla hasta la parada, yo solo lloraba, no sabía que estaba pasando, solo le pedía a Dios que lo cubriera con su manto.

En mis manos llevaba su cuaderno y no pude evitar leer la última página.

Para: Luna, mi amor por siempre...

Las despedidas siempre me han paralizado, pero si estas leyendo esto es porque el tiempo de andar ha finalizado. Mi amor por ti va por encima de una decisión y hoy fue el momento más difícil de mi vida, exponerte a este peligro, no me perdonaba tenerte aquí. Te amo tanto que deseé con cada molécula de mi ser no dejarte, quería detener el tiempo en ese beso.

Cuando te reencontré le devolviste sentido a mi vida, fuiste la luz en medio de la oscuridad, yo me sentía muerto y gracias a ti abracé la vida, recuperé a mi abuela y gané algo de tiempo en este lugar donde se pierde la vida. No sé si salga de esto realmente, la última vez, solo conté con un poco de suerte y perdí a mi mejor amigo, la vida depende de un hilo y en la situación que se acerca solo depende de una hebra.

Cuando sientas que la vida se derrumba, busca dentro de ti, porque allí está todo lo que podría hacer de este mundo un lugar mejor. VIVE, MI LUNA, VIVE INTENSAMENTE. Yo siempre estaré cerca, muy cerca. No podrás tocarme, ni verme así como no se toca el amor, pero lo sientes, así como no vemos la brisa, así como nos aferramos a la fe y descubrimos que esa fuerza celestial existe. No estaré en la tierra, pero viviré en el paraíso de tus recuerdos y allí no moriré. Mientras tú vivas, yo viviré. Porque lo nuestro no conoce distancia, no se puede separar lo que se ata en el corazón... No puede morir un amor que no conoce límites.

Entré en llanto y desesperación, no podía creer lo que mis ojos veían y lo que mi mente imaginaba, Emil se había despedido y esa detonación era la causa de ese adiós.

Al llegar a la parada de autobuses, caminé por esas calles preguntándome cosas para las cuales mi mente no tenía respuesta.

Antes de todo esto, solía juzgar a todos con la misma vara, no me detenía a pensar si eran o no delincuentes, creía que todos los que estaban encerrados no merecían contemplación alguna; hoy, después de haber entrado en este mundo, haber visto, vivido y sentido dentro de él, no creo que este lugar funcionase para algo más que para la destrucción de quienes llegaban aquí.

Mi vida ya no sería igual, todo lo que conllevaba la muerte de Emil seguía vivo en mi interior, vi de frente al miedo y le tomé la mano con mucha rabia e impotencia. En este camino de la vida, nos romperán el corazón en muchas ocasiones, aún así, con el corazón destrozado, debemos seguir avanzando a pesar de todo. Era una realidad, lo único que podía hacer era atravesar ese dolor esperando aprender algo.

Con el suicidio de Alex, comprendí que las consecuencias de algunas decisiones serán tan devastadoras que, al ver el camino que toca transitar, vas a querer huir, considerando que así restarás sufrimiento a tus seres queridos, quienes no te dejarán solo y serás de las personas que se rendirán sin intentarlo.

Con la muerte de Emil, entendí que algunos morirán en el intento de conseguir una segunda oportunidad. En consecuencia, yo sigo intentando no desvanecerme, aprendí a no rendirme, así como hacen las miles de personas que todos los fines de semanas van al interior del infierno a darle esperanza a su ser querido.

Hoy intento cumplir el sueño de Emil: Cambiar la vida de otros, dejando en tus manos lo que fue parte de su historia.

Hoy cumples un día más siendo el amor de mi vida.

Luna.

Made in the USA
Columbia, SC
16 July 2022